AF139264

Das Tor zur Phantasie

Kurzgeschichten
von
Esther Wäcken

Herstellung und Verlag:
BoD - Books on Demand, Norderstedt
ISBN 978-3-7392-4953-7

Am Anfang war ein leeres
Blatt Papier.
Das Papier, es sprach zu mir:
Bitte fülle mich mit Worten
von den ganz besonderen Sorten.
Setz Worte an die rechten Plätze
Lass entstehen so die Sätze.
Aus Sätzen werden die Geschichten
Hast so vieles zu berichten.
Aus Geschichten wird ein Buch,
welches seine Leser sucht.
Es geht hinaus in alle Welt.
Lies es, wenn es Dir gefällt.
Ja, mein Leben ist das Schreiben
Und so wird es immer bleiben.

Märchenhafte Geschichten

Mein Rapunzelturm

Was für ein herrlicher Herbsttag! Kalt aber sonnig mit knallblauem Himmel. Nichts hielt mich mehr zu Hause. Raus, in die Natur, an die frische Luft, diesen wunderbaren Tag genießen. Ich stiefelte los, kreuz und quer durch Feld, Wald und Flur. Niemand außer mir war unterwegs. Alles, was ich hörte, war der heiser-gurrende Ruf der Kraniche, die sich am Himmel in ihrer typischen V-Formation zum Flug in wärmere Gefilde zusammen fanden. Selbst die kaum noch vernehmbaren Geräusche der nahen Landesstraße gerieten zum unbedeutenden Hintergrundrauschen. Natur, Stille, allein sein. So war ich unterwegs, ohne festes Ziel, umgeben von Ruhe.

Doch was war das? Lauschend hob ich den Kopf. Ja, doch, da sang jemand. Eine weibliche Stimme, leise und so wehmütig, traurig, dass mir allein vom Zuhören die Tränen kommen wollten. Wo kam dieser Gesang her? Ich versuchte, der Stimme zu folgen und fand mich zu meiner großen Verwunderung vor einem Turm wieder, der mir vorher nie aufgefallen war. Einsam und efeuumrankt stand er da zwischen den Bäumen. Und aus dem Fensterchen hoch oben im Turm kam die Stimme. Durch dorniges Gerank kämpfte ich mich näher an den Turm heran, umrundete ihn und entdeckte dabei eine Tür, die ebenfalls so von Dornenranken umschlungen war, dass ich sie zunächst gar nicht aufbekam.

Endlich gelang es mir doch und ich stieg die schmale, steile Treppe empor, hin zu der traurigen Stimme. Dann sah ich sie vor mir, eine zauberhaft schöne, junge Frau. Gekleidet und reich geschmückt wie ein Edelfräulein aus längst vergangenen Jahrhunderten. War sie überrascht, mich zu sehen? Ein kurzes Erschrecken war da sicher. Große, verwunderte Augen schauten mich an und ihre Stimme, die eben noch so wehmütig gesungen hatte, fragte: „Wer … wer seid Ihr und wie seid Ihr hier hinein gelangt?"

Ihr? Das klang schon sehr nach einer Ausdrucksweise, die man heutzutage nur noch aus Märchen kennt.

„Mein Name ist Esther", stellte ich mich vor. „Ich bin hier spazieren gegangen und dann hörte ich deinen … Euren Gesang, bin ihm gefolgt und habe diesen Turm entdeckt."

„Aber … wie ist das möglich? Niemand hat in all der langen Zeit je meinen Turm entdeckt, ihn gar betreten?"

„Und wer seid Ihr?", fragte ich neugierig. „Doch nicht etwa Rapunzel?"

„Rapunzel, nein, wie kommt Ihr auf diesen Namen? Ich bin Prinzessin Vesna. Vor unendlich langer Zeit, da sollte ich mich vermählen. Die schönsten Prinzen aus allen Reichen kamen und hielten um meine Hand an. Aber ich hatte mich schon lange entschieden. Für mich gab es nur Einen, meinen geliebten Prinzen Wulfweard, den Gütigen. Er kam aus einem ganz kleinen, verarmten Fürstentum. Mir war es gleich. Ich selbst besaß genügend Reichtümer für uns beide. Mein Vater hätte mich gern einem begüterten

Gemahl aus einem großen, bedeutenden Königreich gegeben, akzeptierte schließlich meine Wahl und ließ die Hochzeit ausrichten. Jedoch erschien einen Tag vor der Hochzeitsfeier der gefürchtetste Schwarzmagier aller Lande, den man nur den Namenlosen nannte, am Hof und begehrte mich zur Frau. Meinen Vater hatte er schnell so eingeschüchtert, dass er allem zustimmen wollte. Ich allein begehrte auf, sagte ihm, dass ich ihn niemals ehelichen könne und mich am morgigen Tag mit meinem geliebten Prinzen vermählen würde. Da schaute mich der Namenlose mit seinen finsteren Augen an und sprach: „Nun denn, so gehe diese Ehe ein, aber du wirst es auf ewig bereuen, dass du mich abgelehnt hast und niemals mit deinem Prinzen glücklich sein." Verschwunden war er, wie in Rauch aufgelöst. Natürlich überkam mich nach dieser Drohung Angst. Allein ich glaubte, meine Liebe zu Prinz Wulfweard und die seine zu mir wären stark genug, dass schwarze Magie ihr nichts anhaben könnte. Und so standen wir anderntags vor dem Priester, der uns den Segen gab. Doch kaum hatte dieser uns zu Mann und Frau erklärt, da erschien in einer schwarzen Rauchwolke der Namenlose, riss mich von Wulfweards Seite. Ich wurde ohnmächtig ob des Schreckens und als ich wieder zu mir kam, befand ich mich in diesem Turm. Der Namenlose stand neben mir und sagte, höhnisch lachend: „Das ist nun deine Strafe dafür, dass du es gewagt hast, dich mir zu wiedersetzen. Du wirst auf ewig in diesem Turm leben, niemals altern, niemals sterben, denn in diesem Turm steht die Zeit still, es wird sich nie etwas verändern. Draußen wird das Leben weitergehen.

Dein Prinz wird dich suchen und doch niemals finden, denn niemand kann diesen Turm sehen. Und du kannst den Turm nicht verlassen. Denn sobald du über die Schwelle trittst, wirst du zu Staub zerfallen. Nun lebe wohl und denk auf ewig daran, was du an meiner Seite hättest haben können."

Wieder war er verschwunden, in Rauch aufgelöst und ich war allein und blieb allein. Oh, ich sah vom Fenster aus die Suchtrupps, die durch die Wälder zogen, um mich zu finden. Allen voran mein getreuer Prinz Wulfweard. Ich rief seinen Namen, ich schrie mir die Kehle heiser, doch er sah und hörte mich nicht, ganz, wie der Namenlose es gesagt hatte.

Ich zählte die Tage, die Wochen, die Monate, die Jahre. Immer und immer wieder sah ich Wulfweard vorbei reiten. Er hat die Suche nach mir nie aufgegeben. Ich musste zusehen, wie er älter und älter wurde und selbst Alter und Gebrechen ihn nicht davon abhielten, weiter nach mir zu suchen. Eines Tages kam er nicht mehr. Und ich sitze noch immer am Fenster, schaue hinaus auf die Welt, die sich weiter und immer weiter verändert, während ich so bleibe, wie ich seit Jahrhunderten bin. Ich habe längst aufgehört, die Jahre zu zählen, auf Erlösung zu warten. Und doch getraue ich mich nicht, den Turm zu verlassen. Obwohl das Leben mir nichts mehr zu bieten hat, seit der Namenlose mich von der Seite meines Geliebten riss, fürchte ich den Tod. Was wird mit mir geschehen, wenn ich den Turm verlasse und tatsächlich zu Staub zerfalle? Wird dieser Fluch über meinen Tod hinaus wirken? Werde ich niemals Frieden finden?

Und auf einmal kommt Ihr in meinen Turm. Ob das ein Zeichen ist?"

Was für eine traurige Geschichte! Ich konnte nicht umhin, Prinzessin Vesna trösten in den Arm zu nehmen.

„Ob es ein Zeichen ist? Das weiß ich nicht. Ich bin keine Magierin, kenne mich mit sowas nicht aus. Aber, vielleicht ist es wirklich nicht ohne Grund passiert, dass ausgerechnet ich dich gehört habe, zu dir in deinen Turm kam."

Ganz automatisch hatte ich angefangen, Prinzessin Vesna zu duzen. Sie sah noch so unglaublich jung aus, fast noch wie ein Kind. Wieder schauten ihre traurigen, großen Augen mich an.

„Könnt Ihr mir denn gar nicht helfen?"

Lange überlegte ich. Helfen? Wie denn? Ich kam aus einer ganz anderen, modernen Zeit, in der Magie, ob schwarz oder weiß, schon lange nur noch in Märchen und Filmen existiert. Ihren Prinzen konnte ich ihr wohl kaum zurück geben. Und das hier war auch nicht so etwas wie die Geschichte mit dem erlösenden Dornröschenkuss. Schließlich war ich weder ein Prinz noch eine Prinzessin. Dennoch...

„Vielleicht...", begann ich unsicher, „Vielleicht bin ich hier, um dir zu helfen, deine Angst vor dem Hinausgehen zu überwinden. Vielleicht ist es endlich Zeit für dich, loszulassen, zu gehen. Was immer auch danach passiert. Nimm meine Hand, komm mit mir hinunter, nach draußen, vor den Turm. Du musst diesen Schritt, vor dem du so große Angst hast, nicht allein machen."

Noch immer unsicher sah sie mich an, griff dann jedoch vertrauensvoll nach meiner Hand, folgte mir tatsächlich. Fester wurde ihr Händedruck, je näher wir dem gefürchteten „Draußen" kamen. Sie klammerte sich geradezu an mir fest. Dann, der entscheidende Schritt über die Schwelle. Sie stand, schaute nach oben, in den strahlenden Sonnenschein und im nächsten Moment rieselte ihr Staub neben mir zu Boden. Meine Hand, eben noch von der Ihren umklammert, war leer und ich konnte ein Aufschluchzen nicht unterdrücken.

Doch was war das nun wieder? Hätte ich nicht eben schon so viel Unglaubliches erlebt, *das* hätte mich wirklich überfordert. Dort, wo sie als Staub hernieder gerieselt war, erhob sie sich nun als geisterhaft schöne, durchscheinende Erscheinung. Sah mich an, nicht mehr verängstigt und traurig, sondern strahlend und in liebevoller Dankbarkeit. Es sollte noch besser kommen. Denn zwischen den Bäumen begann es von Ferne zu strahlen und zu leuchten und mit größter Verwunderung sah ich eine weitere, geisterhafte Erscheinung näher kommen. Einen prachtvollen, jungen Mann auf einem edlen Ross. Vor Vesna und mir hielt der Geisterreiter an, beugte sich zu Vesna herab, hob sie zu sich hinauf auf sein Ross. Prinz Wulfweard – denn wer sollte dieser zauberhafte Geist sonst sein? – nickte mir zu, hob grüßend die Hand, wandte sein Pferd, ritt – die geliebte Prinzessin vor sich im Sattel – zurück in den Wald. Im nächsten Moment waren sie alle in einem Wirbel hell scheinenden Lichts verschwunden.

Ich stand und schaute noch lange vom Turm, der weiterhin still und unbewegt dastand zu der Stelle, wo diese beiden, nach Jahrhunderten endlich glücklich vereint, entschwunden waren. Wow, dass es sowas noch geben konnte, in unserer nüchternen, technisierten, modernen Zeit, wo Computerspiele die Märchen längst verdrängt haben. Wenn ich es nicht selbst erlebt, mit eigenen Augen gesehen hätte, ich würde es nicht für möglich halten.

Die heiseren Rufe der Kraniche, die noch immer am Himmel kreisten, holten mich in die Gegenwart zurück. Auch für mich war es an der Zeit, zurück nach Hause zu gehen.

Mein geheimnisvoller Rapunzelturm steht noch immer stumm und still an seinem verborgenen Ort. Doch wer weiß, wenn ihr genau hinseht, vielleicht entdeckt ihr ihn dann auch. Ihr müsst nur auf der L770, von Espelkamp kommend, fahren. Dort, auf der rechten Seite, kurz vor dem Abzweig rechts nach Hille, da könnt ihr ihn finden. Nur seine verwunschene Bewohnerin, die hab allein ich kennen gelernt. Möge sie in der Ewigkeit mit ihrem Prinzen glücklich sein.

Im Garten der Sehnsucht

Lieber Herzensfreund,

es wird dich überraschen, diesen Brief von mir zu erhalten, so viele Jahre, nachdem ich verschwunden bin, ohne ein Wort, weder zu dir, noch zu den anderen. Ich weiß, meine Geschichte klingt so phantastisch, dass du sie mir vielleicht gar nicht glauben wirst. Und doch ist es die reine Wahrheit. Ich bin damals nicht bewusst und absichtlich verschwunden. Es ist, wie soll ich sagen, einfach so passiert. Aber, ich sollte wohl besser von vorn anfangen.

Du weißt ja, dass mich mein Weg zur Arbeit jeden Tag an dieser langen, grauen Mauer entlang führte, über die man nicht hinweg sehen kann. Nie war mir an dieser Mauer etwas Besonderes aufgefallen. Doch eines Tages traute ich meinen Augen kaum. Da war auf einmal ein Gittertor in dieser Mauer, welches mir nie zuvor aufgefallen war. Und hinter diesem Tor entdeckte ich einen wunderschönen Garten, der mich in seinen Bann zog. Gern hätte ich ihn betreten, das Tor jedoch war verschlossen. Ich weiß noch, dass ich mich wunderte, weil in diesem Garten alles blühte und grünte, wo es doch tatsächlich noch mitten im Winter war. Mehrere Tage ging ich nun an diesem Tor vorbei, schaute jedes Mal sehnsuchtsvoll in den Garten. Doch eines Tages, da standen die Torflügel plötzlich einladen offen.

Es war wie ein Zwang, der mich den Garten betreten ließ. Schöneres hatte ich nie gesehen, als dieses üppige Grünen und Blühen. Vögel huschten zwitschernd durch die Büsche. Bunte Schmetterlinge umtanzten mich in taumelndem Flug. Und alles duftete so wunderbar frühlingsfrisch. Ich lief und lief, immer weiter drauf los, entdeckte immer wieder Neues. Der Garten schien kein Ende zu nehmen. Unmerklich gingen die gepflegten Parkanlagen in natürlichen Wald und Wiesen über. Weiter lief ich, immer weiter, diese herrliche Landschaft bestaunend. So rein, neu und unberührt wirkte sie. Nicht so, wie man es kennt, dass überall der Mensch seine Spuren hinterlassen hat, leider nur allzu oft in Form von zurückgelassenem Unrat.

Ich kann das Gefühl nicht beschreiben. Ich merkte nicht, dass die Zeit verging, ob sie überhaupt verging. Die ganze Zeit über blieb es sonnig und frühlingshaft warm. Imposante Bergmassive kamen in Sicht, aber auch endlose, weiße Sandstrände und ein kristallklares Meer wurden mir geboten. Ich erinnere mich, dass ich an ein Schloss kam, welches ich neugierig betrat. Es war unbewohnt, aber in jedem einzelnen Raum entdeckte ich sorgsam geordnete Bücherregale, welche sämtliche Wände einnahmen. Na, du kannst dir denken, dass das genau richtig für mich war! Ich verlor mich in den Büchern, verschlang eines nach dem anderen.

Ist mir je der Gedanke gekommen, dass das alles hier doch nicht normal sein kann? Bewusst sicher nicht, dazu genoss ich es viel zu sehr, immer nur weiter zu gehen, zu schauen, zu staunen, Neues zu entdecken. Müde wurde ich niemals und es wurde auch nie Nacht. Sobald ich die Lust auf Essbares verspürte, erspähte ich auch schon in einem lauschigen Winkel einen gedeckten Tisch, auf welchem ich genau das vorfand, wonach es mich gelüstete.

Und erst die Pferde! Irgendwann entdeckte ich auch sie. Eine riesige Herde der prächtigsten Tiere, die du dir denken kannst. Und jedes Einzelne so zahm, dass ich es ohne Sattel und Zaum perfekt zu reiten vermochte.

Tiere gab es dort in Hülle und Fülle und sie alle waren mir freundlich gesonnen. Nicht *eines* dabei, welches mich gestochen, gebissen oder auch nur erschreckt hätte.

Sag selbst, klingt das nicht alles viel zu perfekt, um wahr zu sein? Wie sich dann heraus stellte, war es das auch nicht. Während meiner nicht enden wollenden Streifzüge durch immer neue, interessante Landschaften, stieß ich nämlich urplötzlich auf dieses Gebäude, welches einem kleinen Mausoleum glich. Doch es war kein Haus der Toten. Tatsächlich traf ich dort das einzige menschenähnliche Lebewesen. Ich sage menschenähnlich, und das nicht ohne Grund. Sicher, es handelte sich um eine Frau mit perfekt proportioniertem Körper. Jedoch war sie vollständig weiß, wie frisch gefallener Schnee. Ihre Haut, ihre Augen, ihre bodenlang wallenden Haare, das wehende, flatternde Gewand, in welches sie gekleidet war. Und ihre Stimme erst, mit der sie mich ansprach! Wie überirdisch schöne Sphärenmusik.

„Ich bin überrascht, dass du zu mir gefunden hast", waren ihre Worte.

„Wer bist du?", fragte ich, nicht minder überrascht.

„Ich bin die Wächterin der Sehnsüchte und du bist mein Gast im Garten deiner Sehnsüchte."

„Im Garten meiner Sehnsüchte?"

„So ist es! Jeder Mensch hat seine ganz eigenen Sehnsüchte. Und so stellt sich der Garten der Sehnsüchte für jeden Menschen anders dar."

Sehnsüchte! Na klar! Mir fiel es wie Schuppen von den Augen. Wonach sehne ich mich denn am meisten? Nach der Natur, danach draußen unterwegs zu sein, stundenlang, allein und ungestört. Und danach, genügend Zeit zum Lesen zu haben, ebenfalls allein und ungestört. Zeit vor allem, viel Zeit statt der immerwährende Hetze. Tiere, ja, die mag ich immer und jederzeit um mich haben. Mit Menschen hingegen kann ich meist weniger anfangen. Und deshalb habe ich dort im Garten der Sehnsüchte auch niemanden angetroffen.

Mein lieber Herzensfreund, du magst dich zu Recht fragen, ob ich mich denn so gar nicht nach dir sehne. Aber du weißt sicher auch noch, dass es vor meinem Verschwinden zwischen uns *etwas* schwierig war, dass unsere Beziehung an einen Punkt gekommen war, wo wir gar nicht mehr so recht wussten, wie wir noch miteinander umgehen sollen, *ob* wir überhaupt noch miteinander umgehen sollen. Und doch muss ich mich unbewusst nach dir gesehnt haben, denn sonst hätte ich die Wächterin der Sehnsüchte niemals gefunden, wie diese mir kurz darauf erklärte. Sie drückte es folgendermaßen aus: „In all den Jahrtausenden, die ich nun schon Wächterin der Sehnsucht bin, ist es mir kaum jemals passiert, dass ein Mensch aus seinem Garten der Sehnsucht, wenn er ihn einmal gefunden hat, zurück in sein reales Leben wollte. Die meisten verlieren sich so sehr in ihren Wünschen und Träumen, die ihnen hier alle zur Verfügung stehen, dass sie niemals das Verlangen nach Rückkehr verspüren. Bei dir jedoch, in deinem Herzen, da gibt es einen besonderen Menschen, den du niemals ganz vergessen hast. Du sehnst dich nach ihm zurück, aber haben kannst du ihn nur in der realen Welt. Wenn es dein fester Wunsch ist, zu diesem Menschen zurück zu kehren, dann werde ich dich zurück schicken. Bedenke nur, dass in der Welt draußen die Zeit weitergegangen ist, dass er dich vielleicht längst vergessen hat."

Ich bestand dennoch auf meiner Rückkehr und so befand ich mich auf einmal wieder *vor* der langen, grauen Mauer und das Gittertor war auch verschwunden. Auf den ersten Blick hatte sich nichts verändert. Doch nach und nach entdeckte ich kleinere und größere Veränderungen eben doch. Ich wusste erst nicht, wie ich mich verhalten soll. Zunächst suchte ich meine Wohnung auf, um festzustellen, dass ich dort nicht mehr wohnte. Dann machte ich mich auf den Weg zu meinen Eltern, die sich vor Freude nicht zu lassen wussten und von 4 Jahren redeten, die ich spurlos verschwunden gewesen war. Mein nächster Gedanke war, mit dir wieder Kontakt aufzunehmen und dafür schien mir ein ausführlicher Brief der geeignetste Weg.

Ich weiß nicht, ob du mir meine Geschichte glauben wirst. Ob du überhaupt noch an mir interessiert bist. Aber es ist die reine Wahrheit, wenn ich dir sage: Ich sehne mich nach dir!

Bitte antworte mir und sage mir, ob es dir genau so geht.

In inniger Liebe, deine Herzensfreundin

Der weiße Reiher

Es war einmal ein Huhn. Nein, keines jener unglücklichen Geschöpfe, die in Legebatterien vor sich hin vegetieren. Unser Huhn lebte auf einem großen, gut geführten Bauernhof. Dort konnte es, ohne durch irgendwelche Zäune behindert zu werden, überall herum picken und scharren. Es hatte viele andere Hühner und weitere Tiere des Bauernhofs zur Gesellschaft und ein gemütliches Hühnerhaus stand ihm zur Verfügung. So lebte unser Huhn ein glückliches, zufriedenes Leben, legte jeden Tag pflichtschuldigst sein Ei und fand an seinem Leben nichts auszusetzen.

Jedoch war das Huhn etwas eigen. Mit den anderen Hühnern verstand es sich zwar gut, konnte jedoch zumeist nicht recht etwas mit ihnen anfangen. Viel interessanter fand es all die vielen, kleinen, bunten Singvögel, die so munter durchs Geäst huschten, so herrlich singen und sogar fliegen konnten. So etwas wie Neid kannte das Huhn jedoch nicht, nur grenzenlose Bewunderung. Überhaupt bewegte sich das Huhn oft nahe der Grenzen des Hofgeländes. So lockend jedoch die weite Ferne, die sich an die vertrauten Gefilde anschloss auch sein mochte, unser Huhn fühlte sich seinem vertrauten Leben, dem heimischen Hof so sehr verbunden, dass es niemals ernsthaft erwogen hatte, womöglich einfach wegzugehen.

Am spannendsten war zweifellos der breite Bach, welcher das Grundstück an einer Seite begrenzte. Dorthin zog es unser Huhn immer wieder und nicht nur, um seinen Durst zu stillen. Dass es Vögel gab, die so anmutig auf dem Wasser schwimmen, gar tauchen, konnten! An einer seichten Stelle hatte unser Huhn einmal einen Schwimmversuch gewagt und wäre beinahe ertrunken. Doch eben auf diese Weise machte es die Bekanntschaft mit einem wilden Gänserich, der gelegentlich auf seinen weiten Reisen in alle Welt am Bach Station machte. Er rettete das Huhn, spottete auch ein wenig darüber, dass Vögel, die nicht einmal fliegen konnten, das Schwimmen auch besser unterlassen sollten. Schließlich und endlich wurde er aber ein guter Freund des Huhns. Und wann immer ihn seine ruhelosen Reisen zum Bach führten, hielt er einen Plausch mit dem Huhn, erzählte ihm, was er so alles erlebt und gesehen hatte.

Eines schönen Tages weilte das Huhn wieder einmal am Bach. Den Gänserich hatte es lange nicht mehr gesehen. Wer weiß, wo der sich wieder herum trieb? Eines Tages würde er so plötzlich wieder da sein, wie er zu verschwinden pflegte und eine aufregenden Geschichte zu erzählen haben. Doch an diesem Tag erblickte unser Huhn ein Geschöpf, welches fast überirdisch schön anmutete, sodass es zuerst kaum glauben mochte, tatsächlich einen Vogel vor sich zu haben. Dergleichen hatte es noch nie gesehen. Anmutig stand der Reiher dort im Bach. Geradezu majestätisch wirkte er mit seinem schneeweißen Gefieder.

Das Huhn schaute und schaute, es konnte seinen Blick nicht abwenden, bemerkte gar nicht, dass ihm vor Verwunderung der Schnabel offen stand. Gemächliches Schrittes war der Reiher in Ufernähe im Bach entlang gewatet, hin und wieder nach kleinen Fischen haschend, und stand nun direkt vor unserem Huhn. Diese wäre vor Überraschung fast in Ohnmacht gefallen, als der schöne Fremdling es ansprach.

„Hallo", sagte der Reiher mit klingender Stimme. Einfach so, als wäre es das Normalste der Welt, dass ein solcher Prachtvogel mit einem alternden Suppenhuhn sprach.

„Ha… Hallo", gurrte das Huhn seinerseits. „Dich habe ich hier noch nie gesehen", fügte es nach einer Weile, mutig geworden, hinzu.

„Ich komme auch nicht aus dieser Gegend und ich war lange fort", entgegnete der Reiher.

„Du … Du bist so wunderschön", rutschte es dem Huhn bewundernd heraus.

„Das mag daran liegen, dass nur ganz besondere Seelen in einem weißen Reiher wiedergeboren werden", erklärte der Reiher. Verwundert schaute das Huhn ihn an. Von Seelen und Wiedergeburt hatte es noch nie gehört. Der Reiher fuhr mit seiner Erläuterung fort.

„Jedes Lebewesen hat eine Seele. Nach dem Tod weilt die Seele auf unbestimmte Zeit an einem Ort, der Jenseits genannt wird. Und je nachdem, welches Lebewesen auf der Erde neu geboren werden soll, wandert eine Seele zurück aus dem Jenseits in das neu entstehende Leben. Es kommt darauf an, ob die Seele in ihrem vorherigen Leben einem Wesen gehörte, das sehr gut und richtig gehandelt hat oder eben falsch und böse. Oder die gesamte Bandbreite der

Möglichkeiten dazwischen. Von den weißen Reihern heißt es, dass nur Menschen, die ganz besonders gut und liebevoll, fürsorgliche und mitfühlend, hilfsbereit und verständnisvoll waren, in uns ein neues Leben erhalten."

„Woher weißt du das alles?", staunte das Huhn.

„Das nennt sich Bildung. Man erhält diese Bildung, wenn man viel herum kommt, viel sieht und erlebt, mit vielen verschiedenen Geschöpfen zusammen trifft."

„Oh!", machte das Huhn nur und kam sich auf einmal furchtbar dumm und ungebildet vor. Was hatte es schon erlebt und gesehen außer dem heimischen Hof und den Tieren und Menschen, die den Hof bevölkerten? Von den so sehr bewunderten, kleinen Singvögeln, die ja auch viel herum kamen, konnte es nichts lernen, denn die waren viel zu sehr mit sich selbst beschäftigt, um sich mit einem Huhn abzugeben. Der befreundete Gänserich kam nur allzu selten vorbei, um von der Welt zu erzählen. Was also konnte dieser schöne, gebildete Vogel, der einst wohl in seinem Vorleben ein ebenso ungewöhnlicher Mensch gewesen war, an einem einfachen, dummen Huhn finden?

„Habe ich auch eine Seele? Und hat diese Seele vorher auch in einem Menschen gelebt?", wagte es schließlich zu fragen.

„Sicher, ich sagte es ja bereits. Jedes Lebewesen hat eine Seele und jede Seele wird früher oder später wiedergeboren. Vom Mensch zum Tier, zum Mensch, so geht das immer hin und her."

„Und … wie wird der Mensch wohl gewesen sein, der vorher meine Seele hatte?", fragte das Huhn wissbegierig weiter.

„Nun, du bist in erste Linie ein Nutztier. Du nützt dem Menschen in verschiedener Weise. Du legst Eier, welche die Menschen essen. Und – verzeih meine Direktheit, aber so liegen die Dinge nun mal – eines Tages wirst du dein Leben im Kochtopf beenden und den Menschen somit zu guter Letzt selbst als Nahrung dienen. Du bist es zufrieden, dieses Leben so zu leben und zu akzeptieren, wie es nun mal ist. Du stellst keine Ansprüche, wünscht keine Änderungen. Und doch bist du neugierig auf alles, was es außerhalb deines vertrauten Lebens noch gibt. Denn sonst würdest du dieses Gespräch mit mir nicht führen.

Also wird der Mensch, der vor dir deine Seele hatte, ähnlich gewesen sein. Ein nützliches Mitglied der Gesellschaft, in der er lebte. Zuerst für die anderen da, danach erst für sich selbst. Soweit zufrieden mit seinem Leben und doch mit der unbestimmbaren Sehnsucht nach *Mehr*."

Wieder konnte das Huhn nur staunen. Nie hätte es diese Gedanken, diese Charakterisierung seiner selbst, so präzise ausführen können. Und doch fühlte es deutlich, dass der Reiher Recht hatte.

„Kann ich denn mein Leben ändern? Oder hätte es dieser Mensch vor mir gekonnt?"

„Ändern kann man vieles, eigentlich alles. Aber die wenigsten von allen Geschöpfen wissen, wie sie diese Änderungen vornehmen sollen. Und wenn sie eine Ahnung davon haben, dann fehlt ihnen oft der Mut."

Traurig ließ das Huhn den Kopf sinken. „Mut, den habe ich nicht. Und Ahnung auch nicht."

Der Reiher ließ ein leises Lachen hören. „Nun, ich traf neulich einen Gänserich, der mir von einem Huhn erzählte, dessen Bekanntschaft er auf recht ungewöhnliche Weise geschlossen hat. Das Huhn hatte nämlich versucht, im Bach zu schwimmen und wurde von ihm gerettet. Ich meine, dieses Huhn könntest du gewesen sein."

Wenn Hühner vor Verlegenheit rot werden könnten, unser Huhn wäre knallrot geworden. „Ja, das war wohl ich. Und daran kannst du sehen, dass ich eben nur ein dummes Huhn bin. Ich habe nicht nur keine Ahnung vom Schwimmen. Ich wusste nicht mal, dass ich beim Versuch ertrinken kann."

„Aber du hast es trotzdem gewagt und nur so eine Freundschaft geschlossen, die du sonst wahrscheinlich nie geschlossen hättest. Auch das ist eine wichtige Veränderung im Leben. Scheinbar klein, aber wichtig."

Zur grenzenlosen Überraschung des Huhns war der Reiher inzwischen so nah heran gekommen, dass er ihm mit seinem Schnabel ganz sacht das Gefieder kraulen konnte. So wunderbar sanft fühlte sich diese Berührung an, dass das Huhn verzückt die Augen schloss und für den Moment ganz und gar vergaß, dass es nur ein dummes Huhn war. Als hätte der Reiher diese Gedanken gespürt sagte er: „Hör auf, dich nur als dummes Huhn zu sehen, dass zu nichts weiter taugt als zum Eier legen und schließlich für den Suppentopf. Mag genau dies auch deine Bestimmung und dein Schicksal sein, so sorgst du mit deinem wachen Geist, der viel mehr wahrnimmt als all die anderen Hühner und deiner Neugier doch dafür, dass du so viel mehr vom Leben hast als so viele andere. Heute bist du mir begegnet und wir werden uns wiedersehen. Nicht jeden Tag, vielleicht nicht einmal jede Woche oder jeden Monat, aber regelmäßig, immer wieder. Und bei jeder dieser Begegnungen werde ich dir mehr vom Leben erzählen. Vielleicht traust du dich ja eines Tages, die Grenzen, die du dir selbst gesteckt hast, zu überwinden, und hinaus in die Welt zu gehen, um alles, was du nur aus Erzählungen kennst, selbst zu erleben. Die Möglichkeit dazu hast du. Denn du sitzt nicht in einem engen Käfig, wie so viele andere Hühner, die von deinem Leben nicht mal träumen können, weil ihr Geist keine Anregungen bekommt. Für heute werde ich dich mit deinen neuen Gedanken allein lassen." Mit einem Augenzwinkern fügte er hinzu: „Und wenn ich deinen Gänserich treffe, dann werde ich ihn von dir grüßen."

Ein letztes, sanftes Schnäbeln und der Reiher erhob sich mit rauschendem Flügelschlag in den strahlendblauen Himmel. Letzte Wassertropfen, die im Sonnenlicht funkelten, tropften von ihm herunter auf das Huhn, welches ihm mit dankbarer Bewunderung nachschaute und dabei ein wundersam warmes Gefühl im Herzen hatte.

Am Ende der Phantasie

Es begab sich einst am Rande eines großen Waldes, welcher sich von Nord nach Süd, von Ost nach West, so weit erstreckte, dass es mehrere Tage Fußmarsch bedurfte, ihn von einem Ende zum anderen zu durchschreiten. Jeweils am östlichen, südlichen, westlichen und nördlichen Ende des Waldes lebte eine Hexe in ihrem Häuschen. Nun waren diese vier Hexen durchaus gutmütige Hexen, welche ihre Zauberkraft noch niemals missbraucht hatten und den Menschen, so diese sich zu ihnen verirrten, durchaus halfen. Jeden Samstag besuchten sich die vier Hexen, immer reihum bei einer von ihnen. Und dann saßen sie beim Tee zusammen, tauschten sich rege über Zaubertränke und Sprüche aus. Auf ein Thema kamen sie dabei immer wieder zu sprechen. Auf den geheimnisvollen Stein der Macht, von welchem eine jede Abbildungen und Hinweise in uralten Hexenbüchern gefunden hatte. Ein Stein, so hieß es, tiefschwarz, von der Form eines Prismas. Klein genug, ihn mit einer Hand vollständig umschließen zu können. Und doch verlieh er dem, der ihn besaß, grenzenlose Macht.

Ja, was *könnte* man mit diesem Stein alles anfangen? Unsere vier Hexen, die ja, wie wir wissen, *gute* Hexen waren, träumten um die Wette, wie man mit dieser unbegrenzten Macht die Welt endlich zu einem schönen, friedlichen, lebenswerten Ort für alle und jeden machen könnte. Jedoch der einzige Hinweis auf den Verbleib des seit langem verschollenen Steins lautete dahingehen, dass ihn ein weiser Magier, der seinen Missbrauch ein für allemal verhindern wollte, am Ende der Phantasie versteckt habe.

Das, so war die einhellige Meinung der Hexen, sei ein Widerspruch in sich. Denn Phantasie war, wie allgemein bekannt, grenzenlos. Wie also konnte man etwas am Ende von etwas verstecken, was keine Grenzen hatte?

Wieder einmal saßen sie bei ihrem Samstagnachmittagstee zusammen, diskutierten über den Stein der Macht und die unsinnige Bemerkung über das Ende der Phantasie, als sie unversehens unterbrochen wurden.

„Verzeihung, die Damen, wenn ich unbeabsichtigt Zeuge Ihrer Diskussion wurde und mich nunmehr einmische", erklang eine Stimme, die die Vier herumfahren ließ. Das war ihnen in all die Jahren ja noch nie passiert, dass da plötzlich, ohne dass jemand sein Nahen bemerkt hätte, ein Besucher auftauchte. Und doch stand da vor ihnen ein ganz normalsterblicher Menschenmann, ein Wanderer. Fesch gekleidet in Kniehosen, Wanderschuhe, Karohemd, Lodenhut, den Rucksack geschultert. Und so jung und frisch schaute der aus, dass unseren Hexen ganz warm ums Herz (und andere, nicht näher bezeichnete Körperregionen) wurde. So luden sie den jungen Mann ein, sich doch zu ihnen zu setzen, boten ihm Tee und Kuchen an, fragten sodann neugierig, wie er das gemeint habe, mit der Einmischung in ihre Diskussion, was er denn wohl zu sagen habe. So begann der junge Mann seine Erklärung:

„Natürlich stimmt es, dass die Phantasie grenzenlos ist. Aber man stelle sich einen äußerst beschränkten, geistig armen Menschen vor, der eben kaum über Vorstellungskraft verfügt, der buchstäblich zu dumm und faul zum Denken ist. Meinen die Damen nicht, dass bei einem solchen die Grenze der Phantasie schnell erreicht sein könnte?"

Sofort brach eine lebhafte Diskussion unter den Hexen aus, denn so hatte es noch keine betrachtet. Schnell waren sie sich einig, einen solch geistig beschränkten Menschen ausfindig zu machen und herzuschaffen. Eilig holte die Gastgeberin ihre Kristallkugel herbei, sprach einige beschwörende Worte, machte einige magische Bewegungen über der Kugel.

Und siehe, alle vier beugten sich interessiert über das Bild, welches die Kugel ihnen zeigte. Sie hatten diesen geistig armen Menschen ausfindig gemacht. Alle vier taten sich nun zusammen, um diesen Menschen geschwind wie der Wind umgehend herzuschaffen und eh man sich's versah saß er vor ihnen, schaute stumpfsinnig in die Runde, begriff ganz und gar nicht, was mit ihm geschehen war. Schnell wurde er mit einem Schlafzauber belegt, damit er auch künftig nichts mitbekam, was um ihn herum passierte.

Mit größtem Staunen hatte auch der Wandersmann dieses Tun der Hexen beobachtet, wusste nicht recht, was er davon halten sollte. Erklärend wandten sich die Hexen nun wieder an ihn:

„Du hast uns mit deiner Idee, wo das Ende der Phantasie zu finden sein könnte, sehr viel weiter geholfen. Der Grund, warum wir dieses Ende erreichen wollen, ist der dort versteckte Stein der Macht, den wir in unseren Besitz bringen wollen. Jetzt gibt es da nur ein kleines Problem. Keine von uns kann diese Reise ans Ende der Phantasie antreten, denn unser aller Zauberkraft ist vonnöten, diese Reise überhaupt möglich zu machen und den Reisenden sicher ans Ziel zu geleiten. Deshalb fragen wir nun dich, der du eine ehrliche Haut zu sein scheinst: Willst du dich von uns auf den Weg schicken lassen, den Stein der Macht zu finden? Zum Dank dafür wird jede von uns dir einen Wunsch erfüllen."

Der junge Mann überlegte nicht lange, denn für ein gutes Abenteuer war er immer zu haben. Und wenn er zur Belohnung noch Wünsche erfüllt bekam… Also sagte er: „Ich bin bereit, was muss ich tun?"

„Lehn dich zurück, entspann dich, schließ die Augen."

Der junge Mann spürte, wie er ganz schläfrig und schwerelos wurde. Ein bisschen fühlte es sich an wie der letzte Zustand vor dem Einschlafen. Doch dann…

Plötzlich fand er sich in einer grauen, tristen, nebeldurchwölkten Landschaft wieder. Sah es so im Geist dieses emotional so armseligen Menschenkindes aus? Langweilige, öde Tristesse, nur vereinzelte klare Bilder. So wanderte er dahin. Die erkennbare Landschaft wurde immer weniger, der Nebel nahm zu. Da pulsierte doch etwas, mitten drin in diesem Nebel. Neugierig hielt der Wanderer darauf zu. Das Pulsieren wurde stärker, war deutlich spürbar. Ja doch, vor ihm, mitten in der Luft, schwebte er. Ein kleiner, prismenförmiger, tiefschwarzer Stein. Das musste er sein, der Stein der Macht, den die Hexen begehrten. Der Wanderer griff nach ihm, schloss die Hand fest um den Stein und wurde von Impulsen durchschwemmt, die ihm den Atem nahmen. Alles konnte er sehen, die Bilder brachen förmlich über ihm herein. Erinnerungen, die sich wie seine eigenen anfühlten. Alles, was je mit Hilfe des Steins erreicht und getan worden war, prasselte jetzt auf ihn ein. Viel Gutes, wahrlich, wenn der Stein in den richtigen Händen gewesen war. Doch ach, wie viel, wie unendlich viel Tod, Leid, Gewalt war durch den Missbrauch des Steins verursacht worden.

Darum also hatte ihn der Weise an einem so schwer aufzufindenden Ort versteckt. Um zu verhindern, dass neben all dem Guten, was mit dem Stein in den richtigen Händen erreicht werden konnte, all das Böse angerichtet wurde, sobald er in die falschen Hände fiel. So sehr der Wanderer auch von den guten Absichten der Hexen überzeugt war, *diese* Verantwortung wollte er nicht übernehmen. So öffnete er seinen festen Griff um den Stein und dieser schwebte, als sei nichts geschehen, zurück an seinen Platz, mitten im freien Raum, wo er sich weiter sacht um sich selbst drehte und dabei pulsierte. Der Wanderer machte sich nun mit leeren Händen auf den Rückweg durch die trostlose Seelenlandschaft wieder in seine eigene Realität.

Blinzelnd schlug er die Augen auf, dort auf seiner Bank vor dem Hexenhaus, wo er noch immer saß. Vier Gesichter starrten ihn begierig an. Nur am Rande bemerkte er, dass man diesen minderbemittelten Primitivling anscheinend schon wieder weggeschickt hatte.

„Und, hast du ihn?", ertönte die Frage aus vier Mündern gleichzeitig.

„Ich hatte ihn. Und ich hätte ihn mitbringen können. Aber nach allem, was mir der Stein gezeigt hat…"

„Was *hat* er dir gezeigt?"

„Oh, wunderbare Bilder von wunderbaren Wohltaten, die mit Hilfe des Steins getan wurden. Aber noch ungleich viel mehr Schreckensbilder, von unvorstellbaren Gräueltaten, die ebenfalls nur dank des Steins getan werden konnten. Ich weiß, ihr vier meint es gut, ihr wolltet den Stein für gute Taten nutzen. Aber was, wenn er je wieder in die falschen Hände fällt? Darum dachte ich mir, es ist sicherer, ihn dort zu lassen, wo er ist. Auch wenn ihr jetzt enttäuscht, vielleicht sogar böse seid."

„Weise, wahrlich weise für einen gewöhnlichen Menschen. So wie du haben wir es noch nie betrachtet. Und dabei bist du so viel jünger als wir und verfügst nicht über unser Hexenwissen. Erstaunlich, in der Tat. Denn du hast Recht. Lieber beschränken wir uns auf das Gute, was wir mit unserer vorhandenen Macht erreichen können, als all das Schrecklich in Kauf zu nehmen, was sonst womöglich entstehen könnte. Deine vier Wünsche, einen von jeder von uns, sollst du trotzdem haben. Als Lohn für deine weise Entscheidung."

„Nun, wenn das so ist. Ich lebe in arg bescheidenen Verhältnissen. Die Hütte, in der ich hause… Wenn ich stattdessen ein schmuckes Häuschen haben könnte, groß genug, eine Familie zu beherbergen…"

„Diesen Wunsch erfülle ich dir gern", sprach die erste Hexe.

„Und immer genug Geld, um mir nie mehr Sorgen machen zu müssen, wovon ich selbst die einfachsten Dinge des Lebens bezahlen soll…"

„Auch dieser Wunsch sei dir gewährt", sprach die zweite Hexe.

„Dann ist da diese Frau, auf die ich schon lange ein Auge geworfen habe. Nur habe ich mich nie getraut, sie anzusprechen. Könnt ihr vielleicht einen Liebeszauber wirken?"

„Wahre Liebe kann nicht durch Magie erreicht werden", sprach die dritte Hexe. „Aber ich werde dir trotzdem helfen. Ich werde Gelegenheiten für dich herbei führen, damit du die Frau auf dich aufmerksam machen, mit ihr ins Gespräch kommen kannst. In dir selbst sind alle Möglichkeiten vorhanden, ihr Herz zu gewinnen."

„Nachdem ich nun gesehen habe, was der Stein anzurichten vermag, befürchte ich, dass beizeiten andere, mit wenig guten Absichten, versuchen könnten, ihn in ihren Besitz zu bringen. Habt ihr eine Möglichkeit, dies ein für allemal zu verhindern? Das wäre mein vierter Wunsch."

„Ein schwieriger Wunsch", sprach die vierte Hexe. „Eine Garantie für sein Gelingen kann ich dir nicht geben. Aber wir alle vier zusammen werden uns etwas überlegen und unser Bestes geben."

„Ich danke euch", sprach der Wanderer mit einer leichten Verbeugung. „In meinem ganzen Leben hatte ich noch kein so interessantes Zusammentreffen. Ich werde nun weiter meiner Wege gehen und gern an euch zurück denken."

„Und wir an dich. So genieße nun dein neues Leben und deine künftige Liebe mit unserer Hilfe." So verabschiedeten die Hexen ihren ungewöhnlichen Besucher.

Dieser schritt nun fleißig aus, kam bald aus dem unbewohnten Waldgebiet in ein kleines Dorf. Da er Hunger verspürte hielt er unwillkürlich Ausschau nach einem Gasthaus.

„Ach nein", sprach er zu sich selbst. „Für derlei habe ich ja doch kein Geld übrig."

Doch kaum hatte er dies gedacht, da spürte er einen leichten Ruck, genau an der Stelle, wo er seine

Brieftasche aufbewahrte. Sogleich holte er diese heraus und staunte nicht schlecht, beim Anblick der Banknoten, die diese ganz sicher zuvor nicht enthalten hatte. So hatte sich sein einer Wunsch erfüllt und er konnte sich ein köstliches Mahl gönnen, ganz ohne auf den Pfennig zu schauen.

Spät am Abend erreichte er endlich seine bescheidene, kleine Hütte. Doch da, wo diese bisher gestanden hatte, erhob sich nunmehr ein so bildschön und proper anzusehendes Häuschen, wie er es sich in seinen kühnsten Träumen nicht hätte ausmalen können. Freudig betrat er sein neues Haus, fand auch im Inneren alles zur besten Zufriedenheit eingerichtet. So war auch sein zweiter Wunsch erfüllt worden.

Am nächsten Tag begab sich der Mann wie gewohnt ins Dorf zu seiner Arbeit beim Schmied. Später am Abend, zurück auf dem Heimweg, da sah der jene Frau, die sein Herz begehrte und die er sich doch nie anzusprechen getraute. Sie schleppte sich mühsam mit einem prallvollen Einkaufskorb ab. So war seine Chance gekommen. Er ging zu ihr hin, bot ihr ganz ritterlich an, den schweren Korb doch für sie nach Hause zu tragen. Dankend sagte sie zu und bald liefen sie in lebhaftem Geplauder zusammen dahin. Somit war auch die Erfüllung seines dritten Wunsches eingeleitet.

Was den vierten Wunsch betrifft, da hat er nie erfahren, ob die Hexen einen sicheren Weg fanden, den Stein ein für allemal zu verbergen. Aber da es in seinem langen, erfüllten Leben zu keinen schlimmen Gräueltaten in der Welt kam, ist davon auszugehen, dass niemand den Stein für seine bösen Machtspielchen missbrauchte.

***

„Tina! Jetzt beeil dich mal! Du kommst noch zu spät zur Klavierstunde!"

„Ja, Mama!", rief Tina unwillig zurück, legte seufzend ihr heute erst erworbenen Romanheftchen aus der Hand, welches sie eben zu lesen begonnen hatte. Rasch griff sie sich die Tasche mit den Notenheften, bemüht, der Aufforderung ihrer Mutter nachzukommen. Schon wieder musste Tina seufzen. Warum nur verstanden ihre Eltern nicht, dass sie so gar keine Lust auf ihre wöchentliche Klavierstunde, auf das tägliche Üben hatte? Für Tinas eigentliches Interesse, lesen, lesen, lesen und nochmals lesen, hatten die Eltern so gar kein Verständnis. Und noch weniger für Tinas überbordende Phantasie, die sich, wo sie ging und stand, ihre Bahn brach. Tinas Hirngespinste seien so albern und überflüssig, sagten die Eltern immer. Sie warf einen letzten Blick zurück auf das Romanheft, dessen Titel „Am Ende der Phantasie" lautete. Vom Cover lächelten ihr vier freundliche, ältliche Hexen entgegen.

Der Stein der Macht hatte ein neues, gutes Versteck gefunden, denn Tinas Phantasie endete nie.

Bernsteintraum

„Wir sollten wirklich mal zusammen einen Kaffee trinken."

Mit diesem Satz von ihr hat alles angefangen. Er hat darauf lächelnd erwidert: „Wo ich doch militanter Teetrinker bin."

„Und was ist mit Tee?", hat sie daraufhin, ebenfalls lachend, originalgetreu den Mann aus der Giotto-Werbung nachgeahmt.

Jetzt sitzen sie sich gegenüber, in ihrem Wohnzimmer. Draußen setzt langsam die herbstliche Abenddämmerung ein. Das Zimmer wird einzig vom knisternden Feuer, welches im Ofen brennt, und vom sanften Schimmer des Teelichts im Stövchen beleuchtet. Auf dem Stövchen hält die altmodische Teekanne, mit Motiven einer Reitjagd bemalt, einen aromatischen Ostfriesentee warm. Zwei mit blauem Friesenmuster versehene Tassen stehen ebenso bereit wie ein Schälchen mit Kluntje und ein Kännchen mit dickflüssiger Sahne. Ungeachtet der Tatsache, dass dies hier eine Teestunde und kein Kaffeeklatsch ist, lädt ein Teller mit Hagelzucker und Schokoglasur verzierter Kaffeekränze zum Naschen ein.

Bedächtig gießt sie den Tee in die Tassen. Leise knacken und knistern die Kluntje, während sie in dem heißen Getränk nach unten sinken. Die Sahne hinterlässt wolkige Wirbel.

Gedankenverloren greift sie nach einem großen Bernstein, der ebenfalls, wie zufällig, mit auf dem gedeckten Tisch liegt.

„Ein bemerkenswert schönes Stück", bewundert er den in warmen Honigton schimmernden Schatz.

„In der Tat. Vor allem, weil ich ihn selbst gefunden hab, bei meinem letzten Urlaub an der Nordsee. Davor hab ich immer nur so kleine Krümel gefunden. Und auf einmal diesen dicken Brocken! Ich konnte es erst kaum glauben, was ich da in den Händen hielt. Einen echten, richtig großen Bernstein! Und glaub mir, es ist nicht einfach nur irgendein Stein. Er ist so unvorstellbar alt. Er hat noch erlebt, wie Saurier die Erde bevölkerten. Er wurde über Millionen von Jahren von den Meeresströmungen getragen, geschliffen, geformt. Er hat mehr erlebt, als alle Menschen zusammen sich vorstellen können. Und er erzählt mir seine Geschichten. Über all das, was war, was ist und was sein könnte. Seit ich diesen Bernstein gefunden habe, ist er zu meiner Muse geworden, die mich zu immer neuen Geschichten inspiriert. Unglaublich nützlich, für mich als Schriftstellerin."

Ein wenig skeptisch sieht er sie an. Was sie da soeben mit schwärmerischer Stimme gesagt hat, klingt ziemlich phantastisch, fast ein wenig verrückt. Dennoch nimmt er den Stein entgegen, den sie ihm mit den auffordernden Worten hinhält: „Sieh genau hin und hör gut zu. Dann wird er auch dir seine Geschichten erzählen."

Zunächst sieht er in dem Stein nichts weiter als den Widerschein des Feuers. Doch dann ...

Ist da nicht eine Bewegung wie von brandenden Wellen? Und huscht da nicht der Schatten einer Möwe vorbei, deren heiseren Schrei er sogar zu hören vermeint?

Fasziniert hält er den Stein näher an seine Augen und ehe er weiß, wie ihm geschieht, findet er sich an einem weitläufigen Strand wieder. Die Ebbe hat ihre typischen Muster im Sand hinterlassen und flache Teiche, in welchen sich Einsiedlerkrebse und durchsichtige Garnelen tummeln. Quallen in allen Größen liegen als flache, glibbrige Erhebungen im Sand. Eine steife Brise zerzaust sein Haar, weht den Sand in verspieltem Tanz über den Strand. Träge platschen kleine Wellen des von der Ebbe zurückgelassenen Meeres ans Ufer. Möwen kreisen in kreischenden Schwärmen und Strandläufer trippeln emsig umher.

Im ersten Moment meint er, allein hier zu sein. Doch dann ist nicht nur sie an seiner Seite. Auch ihr Hund springt fröhlich bellend um beide herum.

Sie ziehen Schuhe und Socken aus, krempeln die Hosenbeine hoch, waten gemeinsam durch die Ebbetümpel. Beobachten Krebse, sammeln begeistert rosige, kleine Herzmuscheln und die größeren Miesmuscheln, leere Krebsschalen und vom Wasser rundgeschliffene Treibholzstückchen. Halten Ausschau nach Bernsteinen.

Da liegt er! Halb im Sand vergraben, kaum zu erkennen. Der wunderschöne, große Bernstein, den er doch eben noch in ihrem Wohnzimmer in den Händen hielt und der sie beide an diesen ... Phantasiestrand ... teleportiert hat?

Er ist zurück, in der Wirklichkeit ihres Wohnzimmers, hält den Bernstein noch immer in den Händen. Meint, selbst jetzt und hier noch die salzige Meeresbrise zu riechen, Sand unter den Füßen zu spüren. Sieht ihr atemlos-glückliches Gesicht und weiß, dass sie beide, irgendwie, wie auch immer, tatsächlich dort gewesen sind.

„Hat ... hat der Stein uns jetzt gezeigt, was sein *könnte*?"

„So wird es wohl gewesen sein. Soll dann wohl heißen, dass wir beide zusammen ans Meer fahren."

„Ja, das sollten wir wohl", sagt er träumerisch und trinkt bedächtig einen Schluck Ostfriesentee, während das Meer in weiter Ferne unhörbar rauscht.

Die Prinzessin und der Zeisig

In einem kleinen Fürstentum, inmitten bewaldeter Höhenzüge und blühender Wiesen lebte einst die Prinzessin Daniella. Sie wuchs wohlbehütet auf, kannte aber kaum die Welt außerhalb des gepflegten Schlossgartens. Eines Tages träumte Prinzessin Daniella am geöffneten Fenster vor sich hin. Da vernahm sie den Gesang eines Vogels, der so wunderschön und gleichzeitig so tieftraurig klang, dass er Daniella im Innersten berührte. Zunächst vermochte sie nicht den kleinen Sänger zu entdecken. Dann jedoch bemerkte sie einen, auf den ersten Blick eher unscheinbaren Vogel.

Sofort beschloss Daniella, dass sie diesen ebenso unscheinbaren wie wunderbaren Vogel unbedingt haben müsse. Doch wie dieses anstellen? Die Prinzessin ließ die gesamte Dienerschaft auf Vogeljagd gehen und schließlich gelang es. Der Zeisig, denn ein solcher war es, wurde der Prinzessin feierlich in einem goldenen Käfig überreicht.

So saß der Zeisig nun tagein, tagaus in seinem Käfig. Anfangs sang er auch hier noch sein Lied und Daniella kümmerte sich rührend um ihn. Doch von Tag zu Tag sah der Vogel elender und trauriger aus, mochte schon bald nicht mehr singen. Daniella ließ schließlich den Leibarzt rufen und fragte ihn, was ihrem Vogel wohl fehlen möge. Dieser nahm den Zeisig behutsam aus seinem Käfig, untersuchte ihn gründlich und sprach schließlich: „Wenn es nur ein ganz gewöhnlicher Vogel wäre, dann würde ich sagen, ihm fehlt nichts als seine Freiheit und er muss schleunigst wieder hinaus in die Wälder, wo er fliegen kann, wohin immer er möchte. Aber dieser Vogel scheint mir kein normaler Zeisig zu sein. Denn grad gestern vernahm ich im Gasthaus drunten in der Stadt eine gar abenteuerliche Geschichte, in der dieser Zeisig die traurige Hauptrolle spielen könnte."

„So erzählt mir diese Geschichte", begehrte die Prinzessin.

Also begann der Leibarzt mit seinem Bericht: „Gestern Abend habe ich mich im Gasthaus mit einigen Arztkollegen zu einem fachlichen Austausch getroffen. An einem der Tische saßen zwei seltsam gekleidete Fremdlinge, welche schon bald das Gespräch mit uns suchten, da sie mitbekommen hatten, dass wir Ärzte sind. Diese beiden stellten sich als Schiebefix und Transportfix vor, welche auf der Suche nach dem weisen Druiden Proktologix waren."

Diese ungewöhnlichen Namen bewirkten, dass die Prinzessin die Erzählung des Leibarztes mit herzlichem Lachen unterbrach. Nachdem sie sich wieder beruhigt hatte, fuhr der Leibarzt fort: „Die Fremden stammten aus der fernen Stadt Mindinium. Dort hatten sie im Dienste eben jenes weisen Druiden Proktologix gestanden. Dieser war als angesehener Heilkundiger weit über die Grenzen der Stadt hinaus bekannt. Von nah und fern kamen die Kranken und Gebrechlichen, um sich von ihm heilen zu lassen. Und da nicht alle Patienten in der Lage waren, aus eigener Kraft den oft recht weiten Weg zu Proktologix zurück zu legen, war es die wichtigste Aufgabe von Schiebe-fix und Transportfix, die Kranken von zu Hause abzu-holen und zu Proktologix zu bringen.

Eines Tages nun sollte ein Wettstreit unter allen Druiden im Land stattfinden, bei welchem jeder sein Können vorführte und der Beste von ihnen ausge-zeichnet werden sollte. Proktologix hatte beste Chan-cen, aus diesem Wettstreit der Druiden als Sieger hervorzugehen. War es ihm doch gelungen, einen wundersamen Trank zu brauen, der jedwedes Leiden und Gebrechen kurieren konnte. Vom einfachen Schnupfen bis hin zum bösartigen Geschwür.

Sein größter Neider war Quacksalbix mit seinem boshaften Helfershelfer Appendix. Quacksalbix hatte keine nennenswerten Talente, weder in der Heilkunst noch in der Magie. Er täuschte und betrog die Leute, verkaufte ihnen Fläschchen mit buntem Zuckerwas-ser oder Zuckerpastillen unter komplizierten lateini-schen Bezeichnungen für teures Geld. Und wenn diese „Heilmittel" irgendeine Wirkung aufwiesen, so war diese bestenfalls den Einbildungskräften des jeweiligen Patienten zuzuschreiben. Eines jedoch hatte Quacksalbix fertig gebracht, jedoch mehr aus Versehen und zufällig denn mit Sachverstand. Er hat-te tatsächlich einen Zaubertrank zustande gebracht, der einen Menschen in einen Vogel verwandeln konnte. Dass der Trank wirkte, hatte Quacksalbix an seinem zweiten Helfer Kanngarnix ausprobiert. Wohl weil dieser schon zu seinen Menschenzeiten fremdes Eigentum nicht allzu genau von seinem Eigentum unterschieden hatte, hatte der Trank ihn in eine die-bische Elster verwandelt. Fortan saß Kanngarnix trübsinnig in einem Käfig seines Meisters als lebender Beweis für die Wirkung des Tranks.

Da dieser aber, wie erwähnt, ein Zufallsprodukt gewesen war, gelang es Quacksalbix kein weiteres Mal, den Trank zu brauen. Es blieben ihm lediglich sorgsam abgefüllte Phiolen seines ersten und einzigen Glückstreffers. Doch eine dieser Phiolen, heimlich in ein Getränk von Proktologix geschüttet, reichte aus, um auch ihn zu verwandeln und er flog als Zeisig hinfort. Zwar kamen Schiebefix und Transportfix mit Hilfe der anderen Druiden recht bald auf die finsteren Schliche von Quacksalbix, ließen ihn und seinen Helfer Kanngarnix als verdiente Strafe seinen eigenen Trank trinken. Aber was nützte das dem Druiden Proktologix? Von Stund an versuchten sich alle Druiden daran, ein Gegenmittel zu brauen. Gelungen ist es noch keinem und der Zeisig ist auf und davon. So ziehen nun Schiebefix und Transportfix durch alle Lande auf der Suche nach Proktologix um ihren Meister zurück zu holen und darauf zu hoffen, dass es jemandem gelingt, ein Gegenmittel zu finden."

Staunend hatte Daniella dieser Geschichte gelauscht. „Und Ihr meint nun, mein Zeisig könnte ausgerechnet der verzauberte Druide Proktologix sein?", fragte sie begierig.

„Ich vermute es, denn obwohl er wie ein gewöhnlicher Vogel *aussieht,* hat er etwas an sich, ich kann es nicht näher benennen, was mich vermuten lässt, dass er eben *nicht* als Vogel aus dem Ei geschlüpft ist."

„Und … was sollen wir jetzt tun? Weilen denn Schiebefix und Transportfix noch im Gasthaus der Stadt?", fragte Daniella weiter.

„Wenn Ihr mir den Zeisig in seinem Käfig mitgeben wollt, so werde ich die Kutsche anspannen, in die Stadt fahren und es heraus finden."

„Oh, wenn ich doch mitkommen könnte", sagte Daniella mit Sehnsucht in der Stimme.

„Das, Prinzessin, werden Eure erlauchten Eltern wohl kaum erlauben. Ihr, in einem einfachen Gasthaus des einfachen Volkes. Aber lasst mich nur machen. Ich berichte Euch dann, wie die Geschichte ausgegangen ist."

Sanft und zart hatte Daniella den Zeisig während der Erzählung des Leibarztes in ihren Händen gehalten. Liebevoll kraulte sie ihm nun sein Gefieder.

„Du, mein armer, kleiner Freund du. Wenn es denn wahr ist und du wirklich der verwunschene Druide bist, dann wünsche ich dir von Herzen, dass du Erlösung finden mögest. Aber wir beide, wir werden uns wohl kaum wiedersehen. Dabei hast du bei unserer ersten Begegnung mit deinem Gesang mein Herz berührt, meine Seele verzaubert."

Bei diesem Worten stahlen sich einige Tränen aus den Augen der Prinzessin, tropften auf das Gefieder des Zeisigs hinab. Was dann geschah hätten sich weder Daniella noch der Leibarzt träumen lassen. Der Zeisig begann zu wachsen, seine Form zu verändern und sodann hockte ein überraschend junger, gutaussehender Mann zu Füßen der Prinzessin. Diese errötete über und über. Nicht nur, weil ihr noch nie ein

Mann *so* nah gekommen war sondern auch weil dieser – nun ja – völlig unbekleidet war. Geistesgegenwärtig bedeckte der Leibarzt die Blöße des Mannes mit seinem Umhang, richtete die Frage an diesen: „So sagt mir doch, seid Ihr der Druide Proktologix, der von seinem Konkurrenten Quacksalbix mit seinem Zaubertrank in einen Zeisig verwandelt wurde?"

„Der bin ich. Verzeiht, wenn meine Manieren zu wünschen übrig lassen. Aber nach dem Abenteuer, welches ich hinter mir habe, bin ich noch reichlich verwirrt. Schöne Dame, die Ihr mich erlöst habt, darf ich Euren Namen erfahren?"

Noch immer vor Verlegenheit errötet stammelte Daniella, Proktologix ihre Hand zum Gruße reichend: „Ich bin ... also ich bin Prinzessin Daniella. Und Ihr? Ihr seid wahrhaftig der weise Druide Proktologix. Aber ... ich dachte immer, Druiden sind steinalte Männer mit langen, weißen Bärten. Ihr jedoch ..."

Sie errötete noch tiefer, brachte ihren Satz vor Verschämtheit nicht zu Ende. Proktologix lachte herzlich. „Auch alte Männer mit langen, weißen Bärten waren einst junge Männer mit bartlosen Gesichtern und Weisheit ist nicht unbedingt eine Frage des Alters. Ich hoffe, ich habe Euch nicht allzu sehr enttäuscht, weil ich nicht Eurer Vorstellung von einem Druiden entspreche."

„Aber nein, ganz und gar nicht. Doch ich verstehe nicht, wieso es ausgerechnet mir gelungen ist, Euch zu erlösen. Weder verstehe ich mich auf Heilkunst noch auf Magie und ich habe doch rein gar nichts getan."

„Doch, Verehrteste, Ihr habt ehrliche Tränen um mich geweint. Ehrliche Trauer, sowie aufrichtige Liebe sind Kräfte, denen so leicht keine Magie gewachsen ist. Und Ihr habt mich, oder sollte ich besser sagen, den Zeisig, als den ihr mich kennen gelernt habt, aufrichtig geliebt und wart somit ehrlich traurig, Euch von mir trennen zu müssen. Und dafür danke ich Euch ebenso aufrichtig."

Mit dezentem Räuspern machte der Leibarzt auf sich aufmerksam: „Ähem, Öhö, ich unterbreche ja nur ungern. Aber diese ungewöhnliche Entwicklung der Ereignisse erfordert nunmehr eine angemessene Reaktion. Wenn ich Euch vorschlagen dürfte, Prinzessin, das wir alle zusammen Eure erlauchten Eltern aufsuchen und ihnen berichten was sich zugetragen hat und einen Boten mit einer Nachricht für Schiebefix und Transportfix ins Gasthaus schicken…"

„Schiebefix und Transportfix!", unterbrach Proktologix. „So sind meine beiden treuen Gehilfen hier?"

„Zumindest waren sie es gestern, im Gasthaus unten in der Stadt, auf der Suche nach Euch."

Der Vorschlag des Leibarztes wurde in die Tat umgesetzt. Daniellas Eltern, der Fürst und die Fürstin, staunten nicht schlecht über das ungewöhnliche Ereignis. Und ihnen konnte nicht entgehen, mit welch liebevoller Bewunderung Daniella Proktologix anschaute, mit welch liebevoller Dankbarkeit er ihre Blicke erwiderte. Da ihnen das Glück ihre Tochter wichtiger war als etwaige Standesunterschiede wurde schon bald die Hochzeit von Daniella und Proktologix gefeiert, zu welcher nicht nur Schiebefix und Transportfix sondern auch alle seine Druidenkollegen eingeladen wurden. Aus Dankbarkeit hat Proktologix dem Leibarzt des Fürsten das Geheimnis seines Zaubertranks verraten und fortan lebten am Fürstenhof und im weiten Umkreis die gesündesten Menschen, die man sich denken kann.

Aber am wichtigsten ist doch, dass Daniella erlebte, wie ihr geliebter Druide ein langes, erfülltes Leben an ihrer Seite lebte und darüber genau das wurde, was sie sich unter einem Druiden vorgestellt hatte: Ein steinalter Mann mit einem langen, weißen Bart.

Nereide

Gelangweilt schaute die elfjährige Frauke aus dem kleinen Butzenfenster von Großmutters Wohnzimmer hinaus auf den strömenden Regen. So hatte sie sich ihre Sommerferien eigentlich nicht vorgestellt. Ihre Eltern hatten kürzlich eine heruntergekommene Ferienpension in Bayern übernommen und waren so sehr mit deren Wiederaufbau beschäftigt, dass sie für Urlaub weder Zeit noch Geld erübrigen konnten. Also hatten sie Frauke ans andere Ende von Deutschland geschickt, zu Oma an die Nordseeküste. Nur leider gab es in dem kleinen Fischerdorf so *gar nichts,* was für Mädchen in Fraukes Alter interessant sein könnte. Der Tourismus war in dieses entlegene, fast schon vom Aussterben bedrohte Dorf noch nicht vorgedrungen. Ein kleiner Hafen, von welchem unverdrossene Fischer noch wie in alten Zeiten mit ihren Krabbenkuttern aufs Meer fuhren. Weit auseinander liegende Bauernhöfe, dazwischen endlose Wiesen, auf denen schwarzbunte Kühe, Schafe und vereinzelte Pferde grasten. Ebenso endloser Wind, der über die Dünen pfiff. Im Dorf selbst gab es nur die Dorfkneipe und einen Tante-Emma-Laden, der sich seit Omas Jugend kaum verändert hatte. Kein Kino, kein Einkaufszentrum, kurz, nichts, was Frauke ernsthaft begeistert hätte. Und jetzt war auch noch das Wetter so miserabel, dass sie nicht mal an den, zugegeben wunderschönen, Strand zum Schwimmen gehen konnte. Oma schien, in ihrem Lieblingssessel zurück gelehnt, vor dem im Ofen bullernden Feuer eingenickt zu sein. Fernsehen war ebenfalls Fehlanzeige und der Internet- und Handyempfang ließ zu wünschen übrig.

Gerade als Frauke überlegte, sich einem ihrer mitgebrachten Bücher zu widmen, öffnete Oma die Augen, blinzelte verschlafen und bemerkte dann: „Huh, das Wetter ist ja immer noch nicht besser geworden. Schlägt mir mächtig auf die alten Knochen, die feuchte Kälte. Aber ich weiß, was gut dagegen ist. Schade nur, dass du noch zu jung bist für einen ordentlichen Sanddorngrog. Aber bist du trotzdem so lieb und holst mir eine Flasche Sanddornschnaps aus dem Keller?"

Alles, was sich aus Sanddorn herstellen ließ, war Omas Spezialität. Unermüdlich sammelte sie die sauren und doch so gesunden Beeren und verarbeitete sie zu Saft und Marmelade und eben auch Schnaps. Widerstrebend machte sich Frauke auf den Weg in den Keller. Kein Wunder, dass Oma nicht mehr gern selbst nach unten ging. Die schmale, steile Treppe machte ihr zu schaffen. Frauke liebte es nicht weniger, in den Keller zu gehen. Nur trübe funzelte die Beleuchtung vor sich hin, ließ überall unheimliche Schatten sehen. Frauke tastete sich in den kleinen Vorratsraum vor, wo Gläser mit Eingemachtem neben allerlei Konserven und Flaschen standen. Oma musste ihrem Sanddornschnaps wohl gut zugesprochen haben, denn es stand nur noch eine Flasche im Regal. Frauke zog die letzte Flasche aus dem Regal, wollte sich eben schon wieder zum Gehen wenden – bloß raus aus dem gruseligen, düsteren Keller – als ihr Blick auf eine weitere Flasche fiel, die noch hinter dieser letzten Schnapsflasche in der hintersten Ecke im Regal stand. Ein seltsames Leuchten schien von dieser Flasche auszugehen. Plötzlich hatte Frauke das Gefühl, unter Wasser, mitten im klaren, sonnenscheindurchfluteten Meer zu sein. So deutlich roch sie das Salzwasser, meinte sogar, die Schreie von Möwen zu hören, wie es hier in diesem fensterlosen Kellerraum kaum möglich sein konnte, obwohl Omas Häuschen direkt „achtern Dieck" gelegen war. Tatsächlich schienen auf einmal glitzernde Wellen an den Wänden entlang zu fließen. Wie in Trance griff Frauke nach der geheimnisvollen, mit einer dicken Staubschicht überzogenen Flasche, hielt sie sich neugierig direkt vors Gesicht. Das Leuchten verstärkte sich und im Inneren der Flasche konnte Frauke Trotz des Staubs darauf eine winzige Meerjungfrau erkennen, die aufgeregt hin und her schwamm.

Wie selbstverständlich begann Frauke an dem altmodischen Korken zu ziehen, welcher die Flasche verschloss, schaffte es mit einiger Mühe, diesen zu entfernen.

Sogleich veränderte sich die Form und Größe der winzigen Meerjungfrau, die gleich einer wabernden Masse aus der Flasche quoll, geisterhaft über ihr dahin wogte, sich jedoch anscheinend nicht von der Flasche lösen konnte.

Sodann vernahm Frauke ihre Stimme, die wie betörender Gesang klang: „Ich danke dir, dass du mich nach so langer Zeit aus meiner Flasche befreit hast. Ich bin Nereide und wurde vor unendlich langer Zeit durch meine eigene Schuld in diese Flasche verbannt."

Frauke hatte Omas Sanddornschnaps völlig vergessen, betrachtete fasziniert diese wundersame Erscheinung. Endlich fand sie ihre Sprache wieder, besann sich auf Höflichkeit und stellte sich ihrerseits vor: „Ich bin Frauke und verbringe meine Sommerferien hier bei meiner Oma. Aber, wie bist du in diese Flasche gekommen?"

Nereide seufzte tief auf: „Mein Vater ist der Meerkönig Acquarius, meine Mutter die Meerkönigin Siréne. Ich bin das einzige Kind meiner Eltern, wuchs im Luxus auf und wurde sehr verwöhnt. Doch das entschuldigt sicher nicht den Egoismus, den ich zunehmend entwickelte. Ich dachte nur noch an mich. Die Wünsche und Bedürfnisse aller anderen Meeresbewohner interessierten mich nicht. Ich nahm mir ausnahmslos, was ich haben wollte. Meine Eltern versuchten alles, mein Verhalten zu ändern, doch ich dachte gar nicht daran, mich zu bessern. Ich ging sogar so weit, unsere geheime Insel zu entweihen. Du musst wissen, in dem Meer, welches das Meerkönigreich meines Vaters ist, gibt es eine verwunschene Insel. Sie ist nicht fest am Meeresgrund verankert, sie treibt mit der Strömung dahin. Menschen können diese Insel nicht entdecken, aber für uns Meerjungfrauen und Männer birgt sie einen besonderen Zauber. Wir können auf dieser Insel an Land gehen, denn dort verwandelt sich unser Fischschwanz in menschliche Beine. Ich missachtete das ungeschriebene Gesetz, dass kein Mensch von dieser Insel erfahren darf. So, wie ich mir auch sonst alles nahm, was ich begehrte, so entführte ich Menschenmänner, die mir gefielen, auf unsere Insel, um mich dort mit ihnen in menschlicher Gestalt zu vergnügen. Hatten meine Eltern mir bis dahin letztlich doch alles durchgehen lassen, weil sie meiner rücksichtslosen Art nicht Herr werden konnten, so ging dieser Frevel entschieden zu weit. Mein Vater flehte zu Neptun, dem mächtigen Gott aller Meere und ihrer Bewohner, dass er etwas tun möge, um mich zur Vernunft zu bringen. Und Neptun handelte! Er verwandelte mich in eine Dschinni und verbannte mich in diese Flasche. Wie eine Flaschenpost trieb ich von Stund an mit den Meeresströmungen dahin. Wann immer jemand meine Flasche findet und öffnet, muss ich dem Finder drei Wünsche erfüllen. Jedoch müssen es gute Wünsche sein. Wenn sich jemand Böses wünscht, um einem anderen damit zu schaden, dann wird dieser Schaden letztlich auf ihn selbst zurück fallen. Der letzte Mann, der meine Flasche fand und öffnete, muss wohl dein Großvater gewesen sein. Meine Flasche war in das Netz seines Fischkutters geraten. Als erstes wünschte er sich ein schmuckes Häuschen für sich und deine Großmutter. Dann wünschte er sich, dass seinem Schiff niemals Schaden geschehen möge. Den letzten Wunsch wollte er sich für schlechte Zeiten aufheben. Also musste ich so lange zurück in meine Flasche und seitdem steht diese hier hinten im Regal. Die schlechten Zeiten sind wohl nie gekommen, denn dein Großvater hat seinen letzten Wunsch nie ausgesprochen."

„Diesen Wunsch wird er auch nicht mehr ausspre- chen", erklärte Frauke traurig, „denn mein Großvater ist bereits vor vielen Jahren gestorben. Damals war ich noch klein, ich habe nur wenige Erinnerungen an ihn."

Nereide seufzte erneut tief auf. „Das bedeutet dann wohl, dass ich ihm diesen Wunsch schuldig bleiben muss. Und ich habe keine Ahnung, ob ich trotzdem weiter in meiner Flasche dahin treiben kann, um anderen Menschen, die mich finden, ihre Wünsche zu erfüllen."

„Vielleicht … kann *ich* ja diesen Wunsch an seiner Stelle aussprechen", schlug Frauke vorsichtig vor. „Schließlich bin ich seine Enkelin und vielleicht können Wünsche ja auch vererbt werden."

„Ich weiß es nicht, aber wir können es ja probieren."

In diesem Moment vernahm Frauke die Stimme ihrer Oma: „Frauke, wo bleibst du denn? Dir ist doch nichts passiert?"

„Tut mir leid, Oma, ich komme schon!", rief Frauke nach oben, wandte sich dann zu Nereide: „Oma wartet auf ihren Sanddornschnaps, damit sie sich einen steifen Grog machen kann. Ich komme wieder zu dir, sobald ich kann. Und dann probieren wir das mit dem dritten Wunsch."

„Ich danke dir", rief Nereide ihr nach, während Frauke bereits die Treppe hinauf hastete.

Ungeduldig wartete Frauke darauf, wieder in den Keller zu Nereide zu können. Aber ihre Großmutter schien ausgerechnet jetzt ein verstärktes Bedürfnis nach Gesellschaft zu haben. Zunächst forderte sie ihre Enkelin zu mehreren Partien Mensch-ärgere-dich-nicht heraus, die sie auch prompt alle gewann.

Darüber wurde es Zeit zum Abendessen. Und zum Abend hin war endlich die Sonne wieder hinter den Wolken hervor gekommen, sodass Oma mit Frauke noch einen Spaziergang ins Dorf machen wollte. Darüber war es Nacht geworden, der Mond stand voll am Himmel und Oma war nach einem letzten Schlummertrunk zu Bett gegangen, ehe Frauke endlich wieder nach Nereide schauen konnte. Diese waberte noch immer geisterhaft über der geöffneten Flasche, welche mitten im Vorratskeller am Boden stand.

„Sorry, schneller konnte ich nicht zurückkommen", entschuldigte sich Frauke. „Oma hat mich den ganzen Nachmittag über beschäftigt."

„Es ist schon gut und richtig, dass du dich mit deiner Oma beschäftigst. Hätte ich nur früher eingesehen, dass ich nicht das einzig wichtige Wesen bin, dann wäre ich nicht in dieser Lage. Aber was hast du jetzt vor?"

„Lass uns an den Strand gehen", schlug Frauke vor, nahm Nereides Flasche und trug sie vorsichtig die Treppe hinauf. Oben lauschte sie ins Haus, vernahm Omas leises Schnarchen aus dem Schlafzimmer. Lautlos angelte sie den Schlüssel vom Haken, öffnete so geräuschlos wie möglich die Haustür, um sie ebenso leise hinter sich zuzuziehen. Der Mond beleuchtete die Umgebung fast taghell, sodass Frauke mit Nereide mühelos den schmalen Weg über die Dünen zum Strand fand, an welchen stetig die Wellen der aufkommenden Flut brandeten. Sie setzte sich nah am Wassersaum einfach in den Sand, stellte die Flasche neben sich und sah Nereide an.

„Ich habe den ganzen Nachmittag darüber nachgedacht, über den letzten Wunsch. Und ich finde, dass du lange genug als Dschinni in deiner Flasche gelebt hast. So, wie du es mir erzählt hast, hast du längst begriffen, was du damals falsch gemacht hast. Also hast du dir verdient, in dein altes Leben zurückzukehren."

Frauke erhob sich und sprach mit lauter Stimme: „Ich wünsche mir, dass du wieder frei bist!"

Nereide hob ihre geisterhaften Arme wie abwehrend. „Aber … das *kannst* du dir nicht wünschen! Das geht doch nicht!"

Im selben Moment brandete eine besonders ungestüme Welle an den Strand, ergriff Nereides Flasche, riss sie mit sich ins Meer. Frauke war erschrocken zurückgesprungen, versuchte, die Flasche zu entdecken und traute ihren Augen nicht. Denn umtost von den Wellen schwamm Nereide, nicht länger gefangen in ihrer Flasche, sondern als die Meerjungfrau, die sie einst gewesen war. Sie winkte Frauke vom Meer aus zu und mit ihrer Sirenengesangsstimme rief sie: „Hab tausend Dank! Das werde ich dir nie vergessen!" Mit diesen Worten war sie in den Fluten verschwunden und Frauke machte sich auf den Weg, zurück zu Omas Haus „achtern Dieck", fühlte zugleich Trauer und Glück in ihrem Herzen.

Am nächsten Morgen wurde Frauke von strahlendem Sonnenschein geweckt. Der Sommer schien die düstere, kalte Regenfront endgültig vertrieben zu haben. Gleich nach dem Frühstück packte Frauke ihren Badeanzug und ein Handtuch zusammen, machte sich auf den Weg an den Strand. Meist war sie dort allein. Ein Vorteil, in diesem entlegenen Dorf, ohne Touristenrummel. Sie tobte lange durch die Wellen, wollte sich geraden, müde geworden, auf ihr Handtuch in die Sonne legen, als sie das kleine Kästchen bemerkte, welches eine große Welle ihr direkt vor die Füße spülte. Alt musste dieses Kästchen sein, ausgebleicht und rissig war sein Holz, von Seepocken überzogen. Und, wie Frauke bedauernd feststellen musste, verschlossen. Schwer war es außerdem, so-dass Frauke Mühe hatte, ihren Fund den doch recht kurzen Weg nach Hause zu tragen. Sie stellte das Kästchen mitten auf dem Küchentisch ab und rief nach ihrer Oma: „Schau mal, Oma, was ich gefunden hab!"

Oma war sogleich mit Werkzeug zur Stelle und gemeinsam wuchteten sie das Kästchen auf. Ein Sonnenstrahl, der durchs Fenster fiel, ließ dessen Inhalt funkeln und glitzern. Staunend schauten Oma und Frauke auf die alten Golddublonen, mit denen das Kästchen bis zum Rand gefüllt war.

Oma konnte ja nicht wissen, woher diese unerwartete Gabe kam. Aber Frauke murmelte ein leises „Danke!" in Richtung des Meeres, denn sie wusste ganz genau, dass dies Nereides Dankeschön an sie war.

Der Seelenbrunnen

Unlängst befand ich mich wieder auf dem Friedhof, um nach den Gräbern meiner Eltern zu sehen. Mit mir und meinen Gedanken allein, mit all den Erinnerungen, die auf mich einstürmten, habe ich ihren Tod vielleicht zum ersten Mal so richtig beweint. In dem Versuch, mich wieder zu fassen, schlenderte ich über den Friedhof, schaute auf all die Gräber von Leuten, die ich nie gekannt habe.

Plötzlich fand ich mich vor diesem Brunnen wieder, den ich nie zuvor entdeckt hatte. Alt und verwittert sah er aus. Vermoost, einzelne Herbstblätter trieben auf dem Wasser. Noch während ich darüber sann, wie alt dieser Brunnen wohl war, wie lange er dort bereits stand und warum ich ihn nie bemerkt hatte, geschah wundersames. Zunächst hielt ich die Bewegungen im Wasser für Fische. Aber nein, bei genauem Hinsehen sah das, was sich da im Wasser bewegte aus, wie strahlend helle Lichtfunken. Sosehr diese auch herumwirbelten und tanzten, an der Wasseroberfläche war keine Bewegung zu sehen.

Ich spürte, dass ich nicht mehr allein war. Eine Präsenz, die ich mehr fühlte als sah, hatte sich zu mir gesellt. Ein Wesen aus Licht und Energie. Hörte ich seine Stimme wirklich, oder nahm ich die Worte einfach irgendwie wahr?

„Du fragst dich, was es ist, was du in diesem Brunnen siehst?"

„J... Ja", stammelte ich nur verwirrt.

„So höre: Wenn ein beseeltes Wesen stirbt, dann begibt sich seine Seele an einen ganz besonderen Ort. Ihr Menschen habt viele Bezeichnungen für diesen Ort. Das Paradies, das Jenseits, das Licht, der Garten Eden, die Ewigen Jagdgründe, Walhalla, die elysischen Gefilde. Tatsächlich stellt sich dieser Ort für jede Seele anders dar. So, wie die allerschönste Umgebung, die sie sich zu Lebzeiten vorstellen konnte. Dort spielt Zeit keine Rolle und somit hat die Seele alle Zeit, die sie braucht, sich von ihrem gelebten Leben zu erholen, darüber zu reflektieren, sich mit anderen Seelen auszutauschen. Kommt aber der Zeitpunkt, an welchem die Seele bereit ist zur Reinkarnation, dann begibt sie sich hier in diesen Brunnen und wartet darauf, dass ein lebendes Wesen neu entsteht, dessen Leben sie gern leben möchte. Schau!"

Tatsächlich schnellte in diesem Augenblick solch ein Seelenfunke aus dem Brunnen empor und verschwand gedankenschnell.

„Ein neues Geschöpf hat soeben das Licht der Welt erblickt und seine Seele bekommen."

„Stimmt es denn, dass man denselben Menschen über viele Leben hinweg immer wieder begegnet?", fragte ich begierig.

„Wenn zwei Seelen ganz besonders miteinander verbunden sind, dann ja. Bei den besonderen Menschen in deinem Leben, bei denen du schon beim ersten Blick auf sie weißt, dass du ihnen dein Leben anvertrauen kannst, obwohl du sie nicht kennst, nichts über sie weißt, einfach eine tiefe Verbundenheit spürst, ist das der Fall."

„Und … wer bist *DU?*"

„Ich bin die Seelenhüterin. Ich helfe den Seelen, die noch am Leben hängen, den Tod ihres Körpers noch nicht akzeptiert haben, ihren Weg ins Licht zu finden. So, wie ich den Seelen, die bereit sind, reinkarniert zu werden, dabei helfe, ihr neues Leben zu finden. Und wenn ich in deine Seele schaue, dann sehe ich einen überwältigend schönen Ort, an dem du einst ausruhen wirst. Aber bis dahin hast du noch ein langes Leben vor dir, welches du mit vielen schönen Erlebnissen und Gedanken erfüllen wirst."

Wie aus einem Traum erwachend fuhr ich auf. Der Brunnen war nur mehr ein verwitterter, alter Brunnen, ohne Seelenfunken und ohne Seelenhüterin. Und doch hatte ich das Wunderbare gesehen!

In liebevoller Erinnerung an meine Eltern
Ingrid Hannelore Herzog, 13.08.1932 –
03.06.2010
Günther Herzog 03.04.1927 – 13.11.2015

EIGENTLICH PRIVAT

Liebesroman

Wer weiß schon,
welche Menschen alle heimlich ineinander
verliebt sind
und es voreinander verschweigen,
damit das Leben geordnet bleibt?
(Entdeckt auf Facebook)

GEBURTSTAGSTRÄUME

Oberarzt Dr. Robert Schatz hat zur Feier seines 40. Geburtstags geladen. Ich weiß nicht, wer sonst noch alles kommt. Aber mich hat er eingeladen. Mich, die kleine, unbedeutende Krankenschwester Evelyn. Seine Assistentin während der ambulanten, allgemeinchirurgischen Sprechstunde. Seit er bei uns im Krankenhaus angefangen hat, arbeiten wir zusammen. Und genau so lange bin ich schon unsterblich und hoffnungslos in ihn verliebt. Ob er etwas ahnt? Ich weiß es nicht. Er heißt nicht nur Schatz, er ist auch ein wahrer Goldschatz. Nicht nur ich fahre auf ihn ab. Mitunter macht es mich rasend eifersüchtig, wenn die Kolleginnen die Köpfe zusammen stecken, kichern und tuscheln, sobald er nur mit wehendem Kittel vorbei geht. Erst recht, wenn sie über ihn sagen: „Dr. Robert Schatz, der Arzt, dem die Frauen vertrauen", angelehnt an diese Fernsehserie „Dr. Stefan Frank".

Ihm vertrauen nicht nur die Frauen. Oft genug habe ich es erlebt, dass die Patienten ängstlich und nervös das Sprechzimmer betreten und sich in seiner Gegenwart jedoch schnell entspannen und beruhigen. Seine ganze Ausstrahlung, seine ruhige Stimme, seine sanften Hände, all das bewirkt, dass man gar nicht anders kann, als ihm bedingungslos zu vertrauen. Und – in meinem Fall – ihn ebenso bedingungslos zu lieben. Und eben hoffnungslos, denn er ist bereits glücklich verheiratet und mehrfacher Vater. Martina, seine Frau, ist ebenfalls Ärztin, jedoch zurzeit nicht berufstätig, wegen der Kinder. Seine Familie kenne ich bislang nur flüchtig, etwa, wenn sie ihn alle zusammen von der Arbeit abgeholt haben. Oder, das eine Mal, wo seine Frau mit seinem völlig aufgelösten Sohn vorbei kam, der sich beim Spielen verletzt hatte und von keinem anderen als vom Papa verarztet werden wollte. Ehrlich, nie zuvor haben ich eine liebevollere Behandlung eines aufgeschlagenen Knies erleben dürften, eine einfühlsamere Trocknung von Kindertränen. Dieser Mann, er … er ist einfach geradezu überperfekt. So perfekt kann einer allein doch gar nicht sein! Liebevoll, einfühlsam, charismatisch, gutaussehend, sportlich-durchtrainiert. Ja, er kommt jeden Tag, bei Wind und Wetter, mit dem Fahrrad zur Arbeit und joggt oft noch nach dem Dienst. Guter Beruf mit gutem Verdienst und entsprechendem Ansehen. Und mit seinen 40 Jahren auch noch keineswegs alt. Aber all das ist anscheinend nicht für mich bestimmt. Zumindest nicht, was das Private betrifft. Für mich ist er nur mein Chef, ein ganz besonders umgänglicher Chef, und als solcher hat er mich zu seiner Geburtstagsfeier eingeladen.

Ich stehe vor meinem Kleiderschrank, weiß beim besten Willen nicht, was ich anziehen soll. Was passt zur Party beim Oberarzt, was werden die anderen Gäste tragen? Abendgarderobe habe ich nicht zu bieten. Nur meine beste Jeans und eine tatsächlich elegante Bluse, dazu meine einzigen, damenhafte Schuhe. Normal bin ich der Jeans, T-Shirt und Turnschuhtyp. Lange bürste ich meine widerspenstigen Haare, in denen keine vernünftige Frisur je halten will. Wenn ich jetzt nicht endlich losfahre, dann komme ich erst an, wenn die Feier schon vorbei ist.

Suchend kurve ich durch den mir bislang unbekannten Ortsteil, bis ich die richtige Adresse gefunden habe. Schließlich habe ich ihn noch nie privat besucht. So viele Autos parken schon am Straßenrand, dass ich eine Weile brauche, ehe auch ich mein Auto abgestellt habe. Ich schnappe mir meine Handtasche vom Beifahrersitz, mache mich auf den Weg zu seiner Haustür, klingele nach kurzem Zögern. Aus dem Inneren des Hauses tönt Stimmengewirr und dezente Musik. Schritte nähern sich und dann mach *SIE* auf, Dr. Martina Schatz, seine Frau.

„Hallo, schön, dass du da bist. Evelyn.", begrüßt sie mich, nimmt mich doch tatsächlich in den Arm, haucht mir ein Küsschen auf die Wange, wie eine gute Freundin. Verdammt, warum nur muss sie so nett und liebenswürdig sein? Könnte ich sie ruhigen Gewissens als Miststück, Schlampe oder schlimmeres bezeichnen, ich hätte ein weniger schlechtes Gewissen, weil ich ihren Mann liebe, könnte mir sagen, dass *so eine* ihn gar nicht verdient hat.

„Na, dann komm mal rein, das Geburtstagskind begrüßen", ermuntert sie mich. Hinter ihr betrete ich das Haus, schaue mich dabei neugierig um. Ein ziemlich großes und schon sehr altes Haus, welches er mit viel finanziellen Aufwand aber auch mit viel Liebe für seine Familie hergerichtet hat. Neben ihr fühle ich mich auf einmal irgendwie … mickrig. Sie trägt ein elegantes, fliederfarbenes Kleid, welches perfekt zu ihrer blonden Mähne passt und schmale, schwarze Pumps, in denen ihre schlanken Beine unendlich lang wirken. Wir passieren Grüppchen von Gästen, von denen ich die meisten aus dem Krankenhaus kenne. Höfliche Grüße im Vorübergehen. Dann stehe ich vor ihm, in seinem weitläufigen Wohnzimmer. Er ist in ein Gespräch mit dem Chefarzt vertieft. Sie berührt ihn leicht am Arm. „Schatz, schau, wer gekommen ist."

Er wendet sich zu mir um, mit seinem üblichen Strahlelächeln. „Hey, Evelyn, schön, dass du auch da bist."

„Robert, herzlichen Glückwunsch zum Geburtstag", sage ich förmlich. Ach verflixt, wenn *das* kein Anlass ist, ihn wenigstens *einmal* in den Arm zu nehmen und zu drücken, wann dann? Er erwidert meine Umarmung mit echter Herzlichkeit. Hmmmm, fühlt sich das gut an. Schade, dass ich ihn beizeiten auch wieder loslassen muss. Nervös nestele ich das in goldfarbenes Papier gewickelte Päckchen aus meiner Tasche. Lange hab ich überlegt, was ich ihm schenken soll, was weder zu banal noch zu persönlich rüberkommt und auch nicht dekadent teuer ist. Dann fiel mir ein, dass er eine Schwäche für Weiße-Crisp-Schokolade hat. Also habe ich ihm mehrere Tafeln davon besorgt und schier endlos nach einem Geschenkpapier gesucht, welches weder billig, kitschig, kindisch, verliebt oder sonst wie unpassend wirkt. Er nimmt mir das Päckchen ab, befühlt es, schüttelt es, riecht sogar daran, fragt, wie ein neugieriges Kind: „Was da wohl drin sein mag?"

Behutsam zieht er die ebenfalls goldene Schleife auf, knibbelt die Tesafilmstreifen ab, faltet das Papier auseinander und … grinst übers ganze Gesicht. Zu seiner Frau und dem Chefarzt gewandt, die noch immer daneben stehen, sagt er: „Ja, so ist das mit meiner besten Mitarbeiterin. Vor ihr kann ich keine Schwäche geheim halten." Zu mir gewandt fährt er fort: „Danke, Evelyn. Scheint so, als wärst du die Einzige, die weiß, worüber ich mich *wirklich* freue."

Ich kann nicht verhindern, dass ich bei diesem Lob rot werde.

„Was möchtest du trinken?", fragt er als nächstes. Ja, was möchte ich trinken? Auf keinen Fall was alkoholisches. Nicht nur, weil ich mit dem Auto da bin, ich könnte mir ja immer noch ein Taxi nehmen, sondern vor allem, weil ein Kontrollverlust mehr als peinlich werden könnte.

„Wasser", sage ich schnell und folge ihm zum anderen Ende dieses riesigen Wohnzimmers, wo eine Bar aufgebaut ist. Verwundert bleibe ich vor einem großen Terrarium stehen, in welchem sich ein Python träge unter einer Wärmelampe ringelt.

„Das ist Alfie", erklärt er. „Den hab ich mir aus Afrika mitgebracht." Während wir gemeinsam vorm Terrarium stehen und Alfie beobachten erfahre ich seine Geschichte. Dass Robert, bevor er in unserem Krankenhaus angefangen hat, mehrere Jahre für eine Hilfsorganisation in Afrika tätig war, weiß ich bereits. Dort hat er den Python am Straßenrand gefunden, verletzt, offensichtlich von einem Auto angefahren und hat ihn mitgenommen, bewiesen, dass er nicht nur Menschen kurieren kann, sondern auch das Zeug zum Tierarzt hat. Alfie wurde wieder gesund, aber nicht *so* gesund, dass er auf sich allein gestellt in der Wildnis hätte überleben können. Und so hat Robert es nach langem Hin und Her mit den Behörden von wegen Artenschutz und Ausfuhrbestimmungen schließlich erreicht, dass er ihn mit nach Deutschland nehmen durfte. Habe ich den Wunsch, Alfie anzufassen, wirklich laut geäußert? Denn er öffnet tatsächlich das Terrarium, hebt die Schlange behutsam heraus. Wir haben uns nebeneinander auf einem kleinen Zweisitzersofa niedergelassen, er legt mir die Schlange in den Schoß. Neugierig richtet sie ihren Kopf auf, mustert mich mit ihren dunklen Knopfaugen, züngelt dabei. Über die seidenglatte Haut streichend frage ich mich, wieder einmal, wieso so viele Leute Schlangen eklig finden, wo sie doch so faszinierend sind. Martinas Stimme reißt uns aus diesem Moment der Zweisamkeit mit Alfie.

„Schatz, würdest du Alfie *bitte* zurück in sein Terrarium setzen? Sonst flüchtet uns noch die Hälfte unserer Gäste. Nicht alle sind so versessen auf deinen Schützling wie du."

„Sollen sie doch flüchten, am besten alle, auch du!", denke ich, wütend darüber, dass dieser schöne Moment so jäh zerstört wurde.

„Schon gut", lenkt er ein, Alfie von meinem Schoß angelnd, ihn wieder zurück setzend. „Außerdem wollte ich dir ja noch dein Wasser holen."

Da stehe ich nun, mit meinem Wasserglas in der Hand, allein gelassen. Allein unter all den anderen Gästen, um die er als Gastgeber und Geburtstagskind sich ja auch kümmern muss. Was hab ich denn erwartet? Dass er den ganzen Abend lang nur für mich da ist? Ich schlendere hierhin und dorthin. Treffe auf viel zu viele Leute, die ich aus dem Krankenhaus kenne, mache Smalltalk, finde mich schließlich im Garten wieder. Dort toben die Kinder herum, nicht nur seine, eine ganze Meute, zusammen mit der zur Familie gehörenden Golden Retriever Hündin, die auf den Namen Sternchen hört. Ich ziehe mich etwas zurück, mag nicht im Mittelpunkt des Trubels stehen. Möchte erst recht nicht, dass man mir womöglich anmerkt, wie viel lieber ich hier und jetzt mit ihm allein wäre. Groß genug ist der Garten ja, um Raum für mich allein zu haben. Keine Ahnung, warum, vielleicht, weil sie auch mal ihre Ruhe vor den tobenden Kindern haben will, aber Sternchen kommt auf mich zugetrottet. Ich beuge mich herab, streichle ihren Kopf. Sie leckt meine Hände. Wie gut, dass ich nur Jeans anhabe, bei denen es nicht drauf ankommt, ob sie Schmutz abkriegen. Ich lasse mich einfach ins Gras sinken und die Hündin legt sich vertrauensvoll neben mir nieder, genießt es, von mir gekrault zu werden. Ob sie spürt, wie mich eine plötzliche Traurigkeit überkommt? Ob sie vielleicht sogar spürt, wie viel mir ihr Herrchen bedeutet? Ich schmiege mein Gesicht in ihr sahnegoldenes Fell, murmele leise: „Weiß du eigentlich, wie gut du es hast? Du kannst ihm deine Liebe ganz offen zeigen und du wirst bestimmt auch von ihm geliebt. Und auf dich ist dabei niemand eifersüchtig."

„Na, da haben sich aber zwei lieb!" Martinas Stimme, mal wieder. Warum fahre ich beinahe schuldbewusst auf? Weil ich mit seinem Hund geschmust habe? Meine in Sternchens Fell geflüsterten Worte kann sie wohl kaum gehört haben. Ich werde rot, als hätte Martina mich bei etwas Verbotenem ertappt, rappele mich vom Rasen auf, während Sternchen sich ihrer Wege trollt.

„Ich wollte nur allen Bescheid sagen. Der Cateringservice ist da und hat das Büffet aufgebaut. Es gibt also gleich Essen." Wieder einmal trotte ich hinter ihr her, zurück zum Haus. Um Zeit zu gewinnen verschwinde ich noch schnell auf der Toilette, Hände waschen. Als ich zurück komme, herrscht an der „Futterkrippe" schon großes Gedränge. Ich stelle mich in der Reihe an, nehme mir Teller, Besteck, Serviette, verschaffe mir schon mal einen Überblick, was es alles Schönes gibt. Na, immerhin kein überzogenes Luxusfutter sondern ganz normales Essen. Gutbürgerlich sozusagen. So richtig Hunger hab ich gar nicht. Die Gesamtsituation schlägt mir irgendwie auf den Magen. Ich nehme mir nur etwas Gemüsegratin und ein kleines, vegetarisches Schnitzel, schaue mich nach einem Sitzplatz an der langen Tischreihe um und entdecke nur noch einen freien Platz, neben … *IHM!*

Robert hat mich entdeckt, wie ich noch unschlüssig mit meinem Teller in der Hand herum stehe, winkt mich zu sich. „Hier, Evelyn, setz dich doch!"

Jetzt hab ich wohl keine andere Wahl mehr. So eng ist es, so dicht an dicht sitzen wir, dass sich unsere Knie unterm Tisch berühren. So ganz unauffällig, vom Tischtuch verborgen, mit ihm füßeln? „Reiß dich zusammen!", befehle ich mir, merke, wie ich schon wieder rot werde. Warum muss ich ausgerechnet *diesen* Mann lieben, wo doch so viele andere rumlaufen, die noch nicht verheiratet sind und auch ganz nett. Aber eben nur das, *ganz nett*. Wer von denen kann ihm schon das Wasser reichen? Ich zwinge mich, mich auf mein Essen zu konzentrieren und auf die Unterhaltungen, die locker über den Tisch fliegen. Bin froh, als das Essen zu Ende ist, ich meinen Platz in seiner allzu nahen Nähe wieder verlassen kann, ohne dass es unhöflich wirkt.

Erneutes Herumstehen, Herumschlendern, mit Getränk in der Hand Smalltalk machen. Keine Ahnung, wie sich *das* jetzt wieder ergibt, aber ich stehe direkt neben Robert, als Martina ihm sagt: „Schatz, ich glaube, wir brauchen Getränkenachschub. Sei doch so lieb und hol noch was aus dem Keller."

War es, weil ich eben zufällig grad neben ihm stand, weil er mich in dem Moment angesehen hat und weil ich es von unserer beruflichen Zusammenarbeit gewohnt bin, ihm ohne viele Worte jederzeit zur Hand zu gehen? Jedenfalls begleite ich ihn ganz selbstverständlich in den Keller um ihm mit dem Heraufschleppen neuer Getränke zu helfen.

„Sei bloß vorsichtig, die Treppe ist tückisch", warnt er mich. „Nicht, dass ich noch deine verstauchten Knöchel verarzten muss." Einen Moment gebe ich mich der Vorstellung hin, er wäre für mich ein genau so fürsorglicher Arzt wie für jeden seiner anderen Patienten. Für diese ganz besondere Zuwendung würde ich sogar freiwillig Schmerzen in Kauf nehmen. Tatsächlich taste ich mich vorsichtig die ungewöhnlich schmale, steile Treppe mit unregelmäßig hohen Stufen und obendrein noch tranfunzeliger Beleuchtung herunter. Nicht ungefährlich für einen Haushalt, in dem kleine Kinder leben, denke ich mir. Hinter ihm betrete ich einen Lagerraum. In dem Moment, wo er das Licht einschaltet, sehe ich ein kleines, undefinierbares Etwas über den Fußboden in eine Ecke huschen, kann einen erschrockenen Aufschrei nicht unterdrücken.

„Keine Angst", beruhigt er mich. Der Raum ist hell erleuchtet und bald sehen wir auch, was sich da in die Ecke drückt und bestimmt mehr Angst vor uns hat als wir vor ihm haben müssen. Ein kleiner Spatz, der wohl irgendwie durch ein geöffnetes Fenster, eine Tür, hier herein geraten ist und dann keinen Weg mehr nach draußen gefunden hat. Behutsam fangen wir ihn ein. Robert schließt eine Hintertür auf, die in einen Teil des Gartens führt, den ich bisher noch nicht gesehen habe. Himmel, *wie* groß ist dieses Haus und vor allem das dazugehörige Grundstück? Der Spatz ist nach anfänglichem, ängstlichem Zögern längst erleichtert davon geflogen. Ich stehe noch immer und bewundere das Grundstück. Dieser Teil des Gartens wirkt so ganz anders als der gepflegte Teil, in welchem auch die Party stattfindet. Angenehm verwildert und naturbelassen zieht er sich den Hang hoch bis zum Waldsaum. Ist es nur Besitzerstolz kombiniert mit meinem offensichtlichen Interesse oder der Hauch eines besonderen Moments, der gerade im Begriff ist, sich anzubahnen? Jedenfalls führt Robert mich zu einer weiteren Tür, schließt diese auf. Wir betreten eine separate, kleine Wohnung, die im Gegensatz zum restlichen Haus, soweit ich es bereits kennen gelernt habe, etwas verwahrlost wirkt. Zwar auf eine rührend altmodische Art möbliert aber unbewohnt eben. Wieder macht sich meine Phantasie selbständig. Wie wäre es, wenn *ich* hier einziehe? Er könnte dann immer mal kurz vorbei kommen, wenn Martina nichts dagegen hat. Ich sehe uns beide auf dem Bett mit der verschlissenen Tagesdecke und … HALT! DAS geht jetzt wirklich entschieden zu weit! Hat er schon länger mit mir gesprochen? Ich kriege nur noch mit, wie er erzählt, dass er noch nicht recht weiß, was er mit dieser Wohnung anfangen soll. Erst mal renovieren, um sie dann zu vermieten oder als Gästewohnung zu nutzen? „Jaaaa, vermiete sie an *mich!*", flehe ich in Gedanken. Wir verlassen die Wohnung wieder, er schließt die Tür ab. Ich kann mich noch nicht von diesem Garten lösen. Eine etwas brüchige, halbhohe Mauer bildet die Grenze zur Straße. Erinnerungen an Kindertage drängen sich mir auf, wo ich über jede Mauer einfach balancieren *musste.* Entweder meine Mutter oder mein großer Bruder liefen dann aufmerksam, soweit es die Höhe der Mauer zuließ, meine Hand festhaltend, nebenher. Ehe ich so recht weiß, was ich tue, bin ich auf die Mauer geklettert, beginne mit meinem Balanceakt. Schon ist er an meiner Seite und … hält tatsächlich meine Hand fest, damit ich Halt habe. So beschützt und gehalten tänzele ich zum Ende und wieder zurück. Wieder handele ich, bevor ich nachgedacht hab, was ich hier tue und springe von der Mauer runter, genau in seine Arme. Er fängt mich auch prompt auf, hält mich eine ganze Weile, ein Stück über dem Boden, fest und geborgen, eng an sich gedrückt. Schaut mich an mit seinen liebevollen, so vertrauten, blauen Augen und in diesem Moment sind wir einfach nur auf eine atemlose, übermütige

Weise zusammen und glücklich. Bis … ja, da ist sie wieder, von Weitem, *ihre* Stimme.

„Schatz, wo bleibst du denn? Unsere Gäste sitzen auf dem Trockenen!"

Wieder spüre ich, wie unkontrollierte Wut in mir hochsteigt. Nicht nur, weil erneut ein schöner Augenblick so schlagartig kaputt ist. Muss sie ihm so einen phantasielosen Kosenamen geben? Schatz, das ist sein *Nachname!* Kein Kosename! Wie würde *ich* ihn nennen, wäre er *mein* Mann? Alles, was sich so allgemein aus Robert machen lässt – Rob, Bob, Robbie, Bobbie oder gar Bert, schlimmer noch, Bertel – scheidet absolut aus. Das klänge wie eine Verhöhnung dieses einzigartigen, wunderbaren Mannes. Für mich ist er mein Fae des Lichts, das denke ich oft, wenn ich meine neue Lieblingsserie gucke. Nur, wer bin dann ich? Lost Girl? Verloren bin ich schon, seit ich ihn kenne. Und jetzt bleibt mir gar nichts anderes übrig, als meine Tagträume beiseite zu schieben und ihm bei dem zu helfen, weshalb wir *eigentlich* in den Keller gegangen sind, Getränke hochschleppen.

Geschafft! Niemand muss mehr verdursten und auch ich gönne mir ein großes Glas Orangensaft. Inzwischen wird auch getanzt und – Gentleman, der er ist – fordert Robert mich zum Tanz auf. Jedoch tanzen wir nur die schnellen Tänze, wirbeln ausgelassen zusammen herum. Jetzt ein langsames Schmusestück, bei dem ich ganz eng mit ihm tanzen kann. Seine Hand um meine Hüfte, mein Kopf, der auf seine Schulter sinkt, während wir uns kam noch bewegen, nur noch langsam hin und her treten. Doch diese Tänze bleiben seiner Frau vorbehalten. Wieder einmal frage ich mich, warum sie nur so nett sein muss, warum sie kein verachtenswerten – na eben, Miststück – sein kann. Nach Lage der Dinge bin wohl eher ich das Miststück, weil ich danach lechze, ihr diesen wunderbaren Mann auszuspannen. Ich bin die, die nie mehr von ihm haben wird, als unsere gemeinsame Arbeit, für die er mich vorhin erst vorm Chefarzt als „meine beste Mitarbeiterin" gelobt hat. Das ist das Einzige, was ich für ihn tun kann, tun darf, ihm eine verlässliche Assistentin sein. Nur, wie soll ich das weiterhin schaffen, so, wie meine Gefühle für ihn verrücktspielen? Wäre es besser, ich würde in ein anderes Krankenhaus, eine Privatpraxis wechseln, am besten gleich die Stadt, das Land verlassen, um ihn dann nie wieder zu sehen? Für heute weiß ich, dass ich mir das nicht länger antun kann. Da es grob unhöflich wäre, ohne Abschied zu verschwinden, gehe ich ein letztes Mal zu ihm und seiner Frau, die soeben wieder einen gemeinsamen Tanz beendet haben. Ich bedanke mich für die Einladung, den schönen Abend. Er scheint ehrlich zu bedauern, dass ich schon gehen will, bedankt sich seinerseits, dass ich gekommen bin und für das so gut passende Geschenk.

„Bis Montag dann im Krankenhaus", sind seine letzten Worte. Martina begleitet mich zur Tür, verabschiedet mich genau so freundlich, wie sie mich auch begrüßt hat. Ahnt sie wirklich nichts von meinen Gefühlen, oder lässt sie sich nur nichts anmerken? Sternchen hat sich zu uns gesellt.

„Na, willst du noch eine Runde Gassi gehen?", fragt ihr Frauchen. So laufen wir noch gemeinsam bis zu meinem Auto, wo ich mich endgültig mit einem letzten Kraulen auch von Sternchen verabschiede, einsteige und losfahre. Wohin jetzt? Ich bin noch viel zu aufgewühlt, um nach Hause zu fahren, dort allein herum zu sitzen, mit meinem faulen, verfressenen, schwarzweißen Kater Carlo als einzige Gesellschaft. Doch, um diese Zeit müsste Hein noch im Restaurant sein. Hein, der einzige Mann, der an Robert heran reicht und auch den gleichen „Schönheitsfehler" hat. Er ist ebenfalls kein Mann für mich zum heiraten, er ist mein großer Bruder!

DER WAHRSCHEINLICH BESTE BRUDER DER WELT

Kaum zu glauben, wie viele Gemeinsamkeiten Hein und Robert haben. Auch mein Bruder wird in diesem Jahr noch seinen 40. Geburtstag feiern. Auch er hat diese ganz besondere Ausstrahlung, die bewirkt, dass man sich in seiner Nähe einfach nur wohl fühlt, ihm vorbehaltlos vertraut. Auch er ist allzeit hilfsbereit, hat für jeden ein offenes Ohr. Und, wenn auch auf eine ganz andere Art, sieht Hein ebenso betörend gut aus wie Robert. Genügend Unterschiede haben die beiden natürlich ebenfalls. Robert ist nur knapp größer als ich mit meinen 1,73m, Hein hingegen kurz vor laufendem Doppelmeter. Und während Robert blond und blauäugig ist, ist Hein eher ein dunkler Typ. Und er ist natürlich kein Arzt sondern Koch, Chef de Cuisine immerhin, aktuell im „Fischerstübchen" beschäftigt.

Von Kindheit an hatten wir einen ganz besonderen Draht zueinander. Nie hat er mich als lästige, kleine Schwester behandelt, obwohl ich, sobald ich laufen konnte, beharrlich hinter ihm her dackelte, ständig in seiner Nähe war. Er war der, der mir beibrachte, auf Bäume zu klettern, Fußball zu spielen und nicht nur Fahrrad, später dann Mofa, zu fahren, sondern es auch zu reparieren. Er überwachte geduldig meine ersten Schwimmversuche. Er half mir, mich gegen fiese Mitschüler zu verteidigen. Er rettete mit mir zusammen diesen verwahrlosten, hässlichen, alten Köter vor seinem versoffenen Besitzer und setzte unseren Eltern gegenüber durch, dass wir ihn behalten durften. Zu ihm krabbelte ich nachts ins Bett, wenn ich mich wegen der Monster, die unterm Bett und in den Schatten hinterm Schrank lauerten, ängstigte und unsere Eltern mich mit einem: „Da ist doch nichts, wovor du dich fürchten musst", wieder zurück in mein Bett geschickt hatten. Er tröstete mich über meine erste, große, unerwiderte Liebe hinweg. Den älteren Jungen aus dem Reitverein, der bereits Turniererfolge einheimste. Für den ich als Reitanfängerin, die nur einmal pro Woche zur Reitstunde auf Schulpferden kam, wohl unter seiner Würde war. Er half mir bei meinen Mathehausaufgaben, bzw. erledigte diese gleich ganz für mich, weil der Umgang mit Zahlen für mich bis heute ein Mysterium ist. Erklär mir zum hundertsten Mal einen Dreisatz und ich hab es nach spätestens fünf Minuten wieder vergessen. Dyskalkulie, vermute ich, auch wenn ich nie darauf getestet wurde. Um ihn beneideten mich sämtliche Mitschülerinnen, deren große Brüder samt und sonders so ätzend waren, dass sie diese am liebsten zum Mond geschossen hätten. Und Hein ist noch heute mein Rettungsanker, wenn ich allein nicht weiter weiß.

Zu ihm fahre ich auch jetzt, nachdem ich Roberts Party verlassen habe. Lächelnd erinnere ich mich daran, dass es für mich keineswegs leicht war, zu erleben, dass er natürlich Schlag bei Frauen hat. Hab ich doch als kleines Mädchen steif und fest behauptet, dass ich Hein heirate, wenn ich mal groß bin. Groß genug inzwischen, um zu begreifen, wie ausgeschlossen das ist. Seine erste, so richtig feste Freundin damals, Himmel, *war* ich eifersüchtig auf Kirsten!

Die war mal ganz sicher nichts für ihn. Kirsten, die Mathematikstudentin. Allein *das* wäre für mich als Dyskalkulikerin schon ein K.O.-Kriterium gewesen. Natürlich war sie *nett*, aber mehr so herablassend nett. Bei ihr fühlte es sich immer so an wie: „Schau nur, wie lieb und geduldig ich mich mit dir befasse, obwohl ich was Besseres bin und du weit unter meinem Niveau." Ja, das war sie, was Besseres. Obwohl sie auch bloß aus einer ganz normalen Durchschnittsfamilie kam, kehrte sie stets die verwöhnte Prinzessin raus, für die selbst das Beste nur gerade eben so gut genug ist. Irgendwann hat Hein das dann auch eingesehen und Schluss war mit Miss Ich-bin-klüger-und-besser-als-du.

Aktuell ist er mit Margitta zusammen. Margitta, die nach mehreren schweren Schicksalsschlägen bereits mit 46 in Frührente ist. Allen Widrigkeiten ihres Lebens zum Trotz hat sie sich ihren Humor und ihre zupackende Art bewahrt. Um ihre Rente aufzubessern, hilft sie regelmäßig bei Hein in der Küche aus, wenn's „mal wieder brennt". Margitta ist so *richtig* nett-nett, sodass ich ihr meinen Bruder *fast* ohne Eifersucht überlassen kann.

Inzwischen habe ich das „Fischerstübchen" erreicht. Ich parke auf dem Hinterhof, betrete das Restaurant durch die Hintertür zur Küche. Viel scheint nicht mehr los zu sein, denn Hein ist bereits dabei, in der Küche klar Schiff zu machen. Ich lasse mich in seine tröstende Umarmung fallen, atme den Geruch nach Gebratenem, der in seinen Kochklamotten hängt. Muss gar nichts sagen oder erklären, weil er auch so merkt, dass es mir grad dreckig geht. Er drückt mir eine Schüssel und einen Löffel in die Hand.

„Hier, unser Dessert des Tages. N' halbes Stündchen brauch ich noch, dann mach ich Schluss für heute."

Ich ziehe mich mit der Schüssel in den kleinen Aufenthaltsraum neben der Küche zurück, fange an zu löffeln. Zartes Zitronenmousse zergeht auf meiner Zunge. Hmmm, köstlich. Ich schließe die Augen, gebe mich ganz dem anscheinend einzigen Genuss hin, der mir vergönnt ist. Wie gut es doch ist, einen Koch als Bruder zu haben. Denn bei Liebeskummer ist Essen die beste Medizin. Dabei sind Hein und ich in Sachen Essen durchaus unterschiedlicher Meinung.

„Du mit deiner ewigen Pizza", zieht er mich stets auf. Worauf ich kontere, dass Pizza ein Grundnahrungsmittel ist. Für mich trifft das allemal zu. Ich koche ausgesprochen ungern und für mich allein schon mal gar nicht. Was geht schneller und einfacher, wenn man völlig geschafft von der Arbeit kommt als Ofen an, Tiefkühlfach auf, Pizza raus, Pizza in Ofen und, nachdem man die Backzeit genutzt hat, um fix zu duschen, heiß und knusprig genießen? Wenn ich mal was anderes, hochwertigeres essen will, dann brauche ich bloß durch die Hintertür zu Hein in die Küche zu kommen. Er hat mir garantiert immer was Leckeres zu bieten.

Hein ist fertig mit der Arbeit und ich habe die Schüssel mit dem Zitronenmousse blitzblank ausgeschleckt. Hein zieht sich um, fragt grinsend: „Zu dir oder zu mir?"

„Margitta wartet doch bestimmt auf dich. Also lieber zu dir. Hoffentlich stört es sie nicht, wenn du mich anschleppst, damit ich mich bei dir ausheule."

„Ach Quatsch, Gitta doch nicht. Im Gegenteil, dann hast du gleich zwei, die dich in den Arm nehmen und trösten können."

Da wir beide mit dem Auto sind, fahre ich hinter ihm her. Gitta ist tatsächlich weder verwundert noch verärgert, dass Hein mich im Schlepptau hat. Hein ist ohnehin schon in das Drama meiner verbotenen Liebe zu Robert eingeweiht, Gitta immerhin in groben Zügen. Hein gönnt sich ein Feierabendbier, Gitta bietet mir Wein an. Ich überlege kurz. Ja, Carlo hat noch genug Trockenfutter im Napf, der wird bis morgen nicht verhungern. Dienst habe ich morgen nicht, es ist Wochenende. Folglich muss ich nicht mehr nach Hause fahren, ist es egal, wenn ich mir einen zwitschere und bei meinem Bruder und seiner Freundin auf dem Sofa einpenne. So erfahren die beiden, während nicht nur eine, sondern zwei Flaschen Wein dran glauben müssen, alles über die so wunderbar gelungen-misslungene Party im Hause des Dr. Robert Schatz.

Kaffeeduft weckt mich am nächsten Morgen. Gitta ist dabei, den Frühstückstisch zu decken und Hein – erfahre ich – ist soeben beim Bäcker, Brötchen holen. Gähnend und verschlafen rappele ich mich vom Sofa hoch, richte mich im Bad so gut es geht wieder menschlich her. Werde bei der ersten Tasse starken Kaffees endlich halbwegs munter. Keine Ahnung, wie lange wir gestern noch geredet und getrunken haben, bis mich die Müdigkeit übermannte und Hein mich fürsorglich mit einer warmen Steppdecke zugedeckt hat. Gemeinsam frühstücken wir, lange und ausgiebig. Über den Tisch hinweg sieht Hein mich forschend an. „Na, geht's denn wieder?", fragt er.

„Muss ja", erwidere ich gewohnheitsmäßig. Ich helfe noch, den Tisch abzuräumen, dann mache ich mich vom Acker. So viel haben die beiden ja, grad am Wochenende, wo im Restaurant immer viel zu tun ist, auch nicht voneinander. Da muss ich ihnen nicht auch noch die Zeit stehlen. Immerhin fühle ich mich schon viel besser, nachdem ich bei Hein gewesen bin. Wenigstens *ein* Mann wird zu Hause auf mich warten, selbst wenn es nur mein Kater ist. Und selbst, wenn er auf den frisch gefüllten Fressnapf und sein gesäubertes Katzenklo sehnsüchtiger wartet als auf mich.

Ich komme zu Hause an, schließe die Tür auf. Carlo streicht vorwurfsvoll mauzend um meine Beine. „Ja, ja, ist ja schon gut, du alter Fresssack", beschwichtige ich ihn, zur Futterdose und zum Dosenöffner greifend, ihm schließlich die Fleischbröckchen in seinen Napf löffelnd. Katze satt, ich satt und auch ganz gut getröstet. Sonst steht nichts an, keine Verpflichtungen, also, ab aufs Sofa, Füße hoch, mal gucken, was das Fernsehprogramm hergibt.

Nach kurzer Zeit jedoch schalte ich den Fernseher frustriert wieder aus. Wie kann es nur sein, dass entweder auf mehreren Kanälen gleichzeitig etwas läuft, was man gern sehen würde, oder eben – wie just in diesem Moment – rein gar nichts, was auch nur annähernd sehenswert ist. Was mache ich stattdessen? Margittas Rat von letzte Nacht fällt mir wieder ein:

„Schreib alles auf, was dir durch den Kopf geht, was dich belastet. Es muss ja kein schriftstellerisches Meisterwerk werden und es muss niemand außer dir je lesen. Aber es wird *dir* helfen, wieder mit dir selbst ins Reine zu kommen."

Ja, warum eigentlich nicht? Ich greife zum Stift und zum Collegeblock, schreibe schon mal eine Überschrift:

WER ICH BIN UND WARUM ICH DAS HIER SCHREIBE

Also, *eigentlich* ist alles, was ich mir hier von der Seele schreiben will, privat. Nicht dafür bestimmt, von allen und jedem gelesen zu werden. Aber ich muss schreiben, einmal all meine wirren Gedanken und Gefühle in klare Worte fassen. Klar, ich kann auch darüber reden, aber das ist nicht das Selbe. Und wer weiß, sollte ich je soweit kommen, dass ich einen Seelenklempner brauche, dann hat der mit meinen Aufzeichnungen schon mal eine Menge Material, mit dem er arbeiten kann. Oder irgendwann in einer fernen, fernen Zukunft ordnet Wer-auch-immer meinen Nachlass und wundert sich, worüber die tüttelige Alte sich mal den Kopf zerbrochen hat. Aufschreiben kann tückisch sein. Das musste ich erfahren, als ich 20 Jahre jünger war und seinerzeit Tagebuch geführt habe. All meine Teenagersehnsüchte und Probleme zu Papier gebracht. Bis meiner Mutter das Tagebuch in die Finger fiel und sie meine Privatsphäre nicht respektierte, einfach alles gelesen hat. Seitdem traue ich schriftlichen Aufzeichnungen nicht mehr. Aber wer sollte in meine einsame Wohnung kommen und lesen, was nur für mich bestimmt ist?

Womit soll ich anfangen, damit alles einen logischen Sinn ergibt? Am besten damit, wer ich überhaupt bin, wie ich mich sehe, wie mich die anderen sehen.

Mein Name ist Evelyn Krieger. Zu Beginn dieser Aufzeichnungen 35 Jahre jung, 1,73m groß. Obwohl ich immerhin mäßig Sport treibe und berufsbeding ja auch nicht nur faul herumsitze, will sich bei mir einfach keine vernünftige Figur einstellen. Ich selbst empfinde mich als unspektakulär, durchschnittlich, sehe in mir nichts Besonderes.

Von Beruf bin ich Krankenschwester. Ja, ich weiß, im modernen Sprachgebrauch heißt es Gesundheits- und Krankenpfleger. Zu der Zeit, wo ich meine Ausbildung machte, sagte man noch Krankenschwester. Und dabei bleibe ich und bin stolz darauf.

Immerhin, heutzutage repariert ja auch nicht mehr der KFZ-Mechaniker mein Auto sondern der Mechatroniker. Wie der sich nennt, ist mir herzlich egal, Hauptsache, er macht einen guten Job.

Ich denke, ich kann von mir behaupten, einen guten Job zu machen. Bei den Patienten, den Kolleginnen und Kollegen und den Ärzten bin ich gleichermaßen beliebt. Ich kümmere mich um jeden, helfe, wo immer ich gebraucht werde und das keineswegs nur berufsbedingt. Obwohl ich mit und für Menschen arbeite, fast alle mich mögen, mir vertrauen, sich in meiner Gegenwart wohl fühlen, bin ich im Grunde meines Herzens Einzelgängerin. So richtig gute, beste, allerbeste Freunde habe ich nicht und sie fehlen mir auch nicht. Tatsächlich gibt es nur *einen* Menschen, den ich aufrichtig liebe, der mir alles bedeutet: Mein großer Bruder Hein. Aber, seit neuestem stimmt das so nicht mehr. Denn inzwischen gibt es einen zweiten Menschen, den ich weder aus meinem Kopf noch aus meinem Herzen bekomme. Der, wegen dem ich angefangen habe, das alles hier aufzuschreiben. Er...

DER NEUE ARZT

Im Krankenhaus werden die Köpfe zusammen gesteckt, es wird getratscht und spekuliert. Sätze fliegen hin und her wie: „Hast du schon gehört? Wir sollen einen neuen Arzt kriegen?"

„Ja, Allgemeinchirurg ist der."

„Wo kommt der denn her?"

„Soweit ich weiß, direkt aus Afrika. Er soll dort für einen Hilfsorganisation gearbeitet haben, zieht jetzt aber aus familiären Gründen zurück nach Deutschland."

„Seine Frau soll ja auch Ärztin sein. Die hat ihn sogar begleitet, samt ihren Kindern."

„Bin mal gespannt, wie der so ist und wann er jetzt hier anfängt."

„Ich hab gehört, er soll jung und verdammt gutaussehend sein."

„Mensch, der ist doch *verheiratet*! Den kriegst du eh nicht mehr!"

„Na und, ist ein Grund, aber kein Hindernis."

So viel zum sich rege verbreitenden Flurfunk. Mir ist das, ehrlich gesagt, herzlich egal. Ärzte kommen und gehen. Ich arbeitete mit ihnen zusammen, was mit dem einen besser, dem anderen schlechter funktioniert. Letztlich hat das Wohl der Patienten Priorität, nicht die Tatsache, ob dieser neue Arzt jung und attraktiv, verheiratet oder sonst was ist, aus Afrika oder woher auch immer kommt. Sobald er da ist, uns offiziell vorgestellt wird, werden wir es schon bemerken.

Was weiß ich über ihn – abgesehen von den wild kursierenden Spekulationen – bis zu jenem denkwürdigen Tag, an dem ich ihm zum ersten Mal gegenüber stehe? Dass sein Name Dr. Robert Schatz ist, Facharzt für Allgemeinchirurgie.

Es trifft mich wie der Blitz aus heiterem Himmel. Wie üblich bereite ich die ambulante, allgemeinchirurgische Sprechstunde vor, als er plötzlich vor mir steht. Peng, Amors Pfeil trifft mich mitten ins Herz! Dieser Mann, der hat, was ich noch nie bei einem Mann erlebt habe. Ich kann es noch nicht mal beschreiben, was er da, allein dadurch, dass er vor mir steht, gar nichts weiter macht, in mir auslöst. Er sieht nicht einfach nur gut aus, er ist charismatisch. Er strahlt so eine Liebe, Herzlichkeit, Vertrauen aus. Es ist, als wäre soeben die Sonne aufgegangen. Nein, mehr noch, als wäre es lange düster und bewölkt gewesen und jetzt brechen die Wolken auf und die Sonne stahlt mit ganzer Kraft, lässt alles funkeln und glitzern.

Gütige, blaue Augen hinter blankgeputzten Brillengläsern. Seine Hand, die meine zur Begrüßung ergreift. Eine schmale, feinnervige, sensible Chirurgenhand, die warm und fest die meine umschließt. Millimeterkurze Haare von der gleichen Farbe wie meine. Eine Farbe, die vor Jahren bei mir mal jemand äußerst unfein als Straßenköterblond bezeichnet hat.

Wie lange dauert er, dieser Moment des ersten Sich-sehen? Natürlich stellt er sich vor: „Guten Morgen, ich bin Dr. Robert Schatz. Ich übernehme ab heute die ambulante Sprechstunde. Sie sind meine Assistentin? Na dann, auf gute Zusammenarbeit."

„D...Danke", stottere ich. „Ich bin Schwester Evelyn. Herzlich Willkommen bei uns und auf gute Zusammenarbeit."

Er lässt sich von mir alles zeigen, damit er sich auch zurechtfindet. Die Sprechstunde beginnt. Mit vielen Ärzten habe ich schon zusammen gearbeitet. Mit guten und sehr guten, auch mit solchen, die unter aller Kritik waren, vor allem, was den angemessenen Umgang mit ihren Mitmenschen betrifft. Bei ihm erlebe ich etwas Neues, nie Dagewesenes. Wie er sich in seine Patienten einfühlt, das ist fast schon unheimlich, geradezu übersinnlich. Mir will kein wirklich passendes Wort dafür einfallen. Von der ersten Sekunde an weiß ich, dass es ein reines Vergnügen ist, mit ihm zu arbeiten. Wir brauchen kaum Worte, um dennoch miteinander zu harmonieren, als wären wir schon viele Jahre lang ein eingespieltes Team. Die Sprechstunde vergeht wie im Flug was bedeutet, dass auch unsere Zusammenarbeit für heute beendet ist. Da er sich hier noch nicht auskennt, darf ich ihm immerhin noch einiges zeigen. Den Weg zum OP-Bereich, zur Kleiderkammer und den Umkleideräumen, zur Personalcafeteria und nicht zuletzt zu dem Büro, welches ab sofort seins ist.

Wie auf Wolken schwebe ich an diesem Tag nach Hause, drücke meinen faulen Kater zur Begrüßung so fest und wirbele mit ihm herum, dass er verärgert faucht. Soll wohl heißen: „Was ist denn in dich gefahren? Gibt mir lieber mein Futter, statt mich halb zu zerquetschen und so idiotisch mit mir herum zu tanzen!"

Wohl wissend, dass ihn das nicht verletzt, schmeiße ich Carlo schwungvoll aufs Bett, entlocke ihm damit ein weiteres Fauchen.

„Was weißt du schon, du alter Miesepeter? Dich interessiert doch eh nichts außer deinem Futter. Aber der Mann, den ich heute kennengelernt habe und mit dem ich ab sofort zusammen arbeite…"

Ich lasse den Satz unvollendet, schmeiße mich neben Carlo aufs Bett, bleibe lange so liegen, unsinnig grinsend an die Decke starrend.

Schon immer war mein Beruf für mich nicht einfach ein Job, sondern meine Berufung. Ab sofort ist es noch viel mehr. Ich *lebe* für die Stunden, die ich gemeinsam mit Robert, dem Schatz, verbringen darf und bin jeden Tag aufs Neue enttäuscht, sobald der letzte Patient die Sprechstunde verlässt. Zwischen uns liegt knisternde Spannung in der Luft. Keine Ahnung, ob er es genau so empfindet, oder ob nur ich es so interpretiere, weil ich es so sehen *will*. Aber seine Blicke und immer wieder diese kleinen, wie zufälligen Berührungen. Auch das so förmliche „Sie", den „Herrn Doktor" und „Schwester Evelyn" haben wir ziemlich schnell zugunsten von „Du", Robert und einfach nur Evelyn hinter uns gelassen.

Natürlich weiß ich, dass er Frau und Kinder hat. Wusste ich schon vorher, über den Flurfunk. Weiß ich jetzt anhand der Fotos auf seinem Schreibtisch und dem, was er so über sich erzählt. Seine Frau, Martina, ist Kardiologin, nimmt sich zurzeit nach der Geburt ihres Jüngsten ihre Elternzeit. Hin und wieder holt sie ihn zusammen mit den Kindern von der Arbeit ab, und so lerne ich seine Familie kennen. Martina ist hübsch und nett, jemand, mit dem ich mich durchaus anfreunden könnte, *wenn* ich nicht so scharf auf ihren Mann wäre. Und je besser ich ihn kennen lerne, umso sicherer bin ich, dass er einesteils zwar *mehr* in mir sieht als nur eine kompetente Krankenschwester, andererseits aber viel zu anständig ist, um seine Frau zu betrügen, sich gar meinetwegen von ihr zu trennen.

Mitunter erschrecke ich selbst, welche Richtung meine Gedanken einschlagen, sobald es darum geht, wie Robert und ich, Martina zum Trotz, doch noch zusammen kommen können. Die Variante, in der die beiden erkennen, dass sie zwar viel zusammen erlebt haben und schöne Zeiten hatten, sich aber jetzt auseinander gelebt, sich nichts mehr zu sagen haben, sich darum im Guten trennen, ist noch die netteste und harmloseste. Natürlich ist er so fair, überlässt sein Haus Frau und Kindern und weil er ja irgendwo unterkommen muss, zieht er dann zu mir und erkennt *endlich*, was ich ihm bedeute. Happy End und … Schnitt! Punkt!

Eines Tages, es war buchstäblich die Hölle los, aber auch das haben wir gemeinsam bewältigt, muss ich noch zu ihm ins Büro wegen einiger Unterschriften. Die Tür ist halb geöffnet. Er sitzt in seinen Drehstuhl zurückgelehnt, die Beine von sich gestreckt, den Kittel geöffnet, träumt vor sich hin. So, wie er da sitzt, schaut er aus wie ein lieber, großer Junge. Fast mag ich ihn nicht stören, aber die Unterschriften können nicht bis morgen warten. Also klopfe ich kurz, trete ein, sobald er aufschaut, lege ihm die Unterschriftenmappe auf den Schreibtisch. Eine Schublade steht offen, darin liegt eine angebrochene Schokoladentafel. Er bemerkt meinen Blick und grinst: „Nervennahrung für zwischendurch. Willst du auch welche?"

Hmmmm, Weiße Crisp, lecker! Wird bestenfalls noch von weißer Luftschokolade übertroffen. Er hält mir ein Stück hin und ich fresse ihm wortwörtlich aus der Hand, berühre dabei ganz sachte seine Fingerspitzen mit meinen Lippen und Zähnen. Den Rest der Schokolade teilen wir uns redlich, aber ich muss auf mein eigentliches Anliegen zurück kommen, die Unterschriften. Er beugt sich über die Papiere, greift zum Kugelschreiber. Ich habe freie Sicht auf seinen Nacken, muss mich schwer beherrschen, nicht darüber zu streicheln. Wie kann der Nacken eines Mannes nur so anrührend, so erotisch sein? Wie gebannt schaue ich ihn an, während die Sehnsucht so schmerzhaft durch meinen Körper zieht, dass es mir fast den Atem nimmt.

Der kleine Knall, mit dem er die Unterschriftenmappe zuschlägt, holt mich aus meiner Trance zurück. Wie ertappt fahre ich auf, als er mir die Mappe hinhält mit den Worten: „So, das war aber definitiv die letzte Amtshandlung für heute. Schönen Feierabend dann."

„Danke, dir auch", murmele ich und schwanke zur Tür hinaus, als befände ich mich auf einem Schiff bei starkem Seegang.

Hein ist natürlich längst in alles eingeweiht. Auch jetzt muss ich ihn aufsuchen, die Neuigkeiten des Tages mit ihm teilen. Er sieht mich nur besorgt an und sagt: „Schwesterchen, Schwesterchen, es macht wohl wenig Sinn, dir einmal mehr zu sagen, dass du dich da total in etwas verrennst, um früher oder später nur bitter enttäuscht zu sein. Oder suchst du nur Trost, weil du noch immer nicht über Marlon hinweg bist?"

Marlon! Schlagartig wird mir bewusst, dass ich schon ewig lang nicht mehr an Marlon denken musste, wo er doch jahrelang meine Gedanken beherrschte. Den Part hat jetzt ein anderer übernommen. Denn wenn mein Leben davon abhinge, fünf Minuten lang *nicht* an Robert zu denken, dann wäre ich längst tot. Marlon, mit dem ich mich auch noch befassen muss, wenn ich schon meine Gedanken und Gefühle auf die Reihe kriegen will, denn er war...

DER MANN DAVOR

Mitunter bezeichne ich mich mit einer gewissen Selbstironie als Spätsünder. Sicher, ich hab öfter mal für den einen oder anderen mehr oder weniger geschwärmt, wie für den Jungen damals im Reitverein. Aber mit festem Freund, richtiger Beziehung, damit bin ich lange nicht aus dem Quark gekommen. Liegt es daran, dass ich so sehr auf meinen perfekten großen Bruder fixiert bin? Und wenn ich schon mit zunehmendem „groß werden" begriffen hab, dass ich meinen Bruder nicht heiraten kann, zumindest einen Mann will, der ihm ebenbürtig ist? Und da liegt die Messlatte nun mal so hoch, dass kaum einer rankommt. Meine ganz richtige, erste, feste Beziehung war eben jener Marlon. Auch ihn habe ich, wen wundert's, auf Arbeit kennen gelernt. Er kam als Patient zu uns mit einer Sportverletzung, Bänderriss. Und weil dieser sich hartnäckig weigerte, zu verheilen, blieb uns Marlon als Patient monatelang erhalten. Warum ich mich ausgerechnet in Marlon verliebte? Vielleicht weil er zu mindestens in einigen Kriterien meinem Bruder gleich kam, was seine imposante Größe von sogar knapp über zwei Metern und seinen muskulösen Körperbau betraf. Vielleicht spielte auch die Tatsache eine Rolle, dass er bei der Bundeswehr war. Denn auch Hein hat seinerzeit seinen Wehrdienst abgeleistet und sich, weil es ihm beim Bund gefiel, für vier Jahre verpflichtet. Seinen Erzählungen über seine Erlebnisse beim Bund lausche ich noch heute gern. Und er war so herrlich jung und unbeschwert, fast zehn Jahre jünger als ich. Ich betreute ihn, bemutterte ihn geradezu. Wir kamen locker ins Quatschen, blödelten schließlich miteinander herum und irgendwann ist der Funke dann bei beiden übergesprungen. Es kam die Zeit, wo er endgültig nicht mehr mein Patient war, mir dafür privat erhalten blieb.

Rückblickend betrachtet denke ich, dass es immer eine eher lockere Beziehung war. Wir sprachen nie über Dinge wie heiraten und Kinder kriegen. Seine Familie lernte ich nie kennen, er hingegen von meiner Seite aus immerhin Hein. Ihm *musste* ich meine große Liebe schließlich vorstellen. Er kam, ließ sich von mir umsorgen, wir hatten unglaublich heiße Stunden zusammen im Bett, aber dann ging er wieder. Oft genug hatte ich wochenlang nichts von ihm, wenn ein Lehrgang, eine Übung, die nächste jagte. Fast fünf Jahre blieben wir uns auf diese Weise locker verbunden und mehr und mehr hat er sich dabei schleichend aus meinem Leben entfernt. Zunächst wollte ich es weder wahr haben noch gar akzeptieren, dass er sich immer seltener meldete oder gar vorbei kam. Richtig zusammen gezogen sind wir nämlich nie. Er hatte seine Stube in der Kaserne, Familie in einer anderen Stadt. Oft musste ich sogar am Wochenende auf ihn verzichten. Und dann das, Versetzung! Hatte schon unsere Nahbeziehung im Grunde nie *wirklich* funktioniert, so tat es die Fernbeziehung erst recht nicht. Wahrscheinlich habe ich ihn von Anfang an viel mehr geliebt als er mich. Ich habe ernsthaft überlegt, ihm hinterher zu ziehen, mir an seinem neuen Standort eine Arbeit zu suchen. Krankenhäuser, die sicherlich über eine erfahrene Schwester froh sind, gibt es schließlich überall. Gut, dass ich es nicht getan hab, denn dann säße ich jetzt mutterseelenallein in einer fremden Stadt fest. Lange war ich einfach nicht bereit, mir das Aus einzugestehen, habe alles versucht, unsere „Beziehung" zu erhalten. Ohne Erfolg. Und ziemlich genau in den Zeitraum des Langsam-akzeptieren-und-damit-umgehen-können fiel meine erste Begegnung mit Robert. Ist er somit wirklich nur eine Art Ersatz, ein Trost, vielleicht gar mein Therapeut, mir über den Verlust hinweg zu helfen? Doch je mehr ich darüber nachdenke komme ich zu dem Schluss: Nein, er ist nichts dergleichen. Marlon ist Marlon und der ist Vergangenheit. Robert ist eine ganz eigene, neue, wunderbare Erfahrung. Ein neuer Weg, von dem ich noch nicht weiß, wohin er führen wird, ob er überhaupt irgendein Ziel hat. Aber, was immer dabei heraus kommen wird, ich bin bereit, mich mit allen Konsequenzen darauf einzulassen.

So weit bin ich immerhin mit meinen Überlegungen, meiner ganz privaten Schreibtherapie, an diesem Wochenende nach der großen Party gekommen.

WEITER WIE GEHABT

Zum ersten Mal habe ich fast Angst vor Montag, wo ich Robert nach seiner Party wiedertreffen werde. Dabei ist dort nun wirklich nichts passiert, worüber ich Rechenschaft ablegen müsste. Außer dieser eine Moment, wo ich von der Mauer runter einfach in seine Arme gesprungen bin. Aber, *er* war es doch, der mich länger als nötig festgehalten hat! Ich kriege den Gedanken nicht aus dem Kopf, was wohl passiert wäre, wenn wir allein gewesen wären. Ohne all die anderen Gäste, die auf Getränkenachschub warten und vor allem ohne Martina, die genau im falschen Moment nach ihm gerufen hat. Müßige Gedanken.

Ich bereite die Sprechstunde vor, wie immer, befestige gerade eine neue Rolle Abdeckpapier an der Behandlungsliege. Wieder schweifen meine Gedanken ab, meine Phantasie macht sich selbständig. Was kann man nicht alles auf so einer Behandlungsliege miteinander treiben, was so ganz und gar nichts mit der Untersuchung eines Patienten zu tun hat. Geht mehr so in Richtung Doktorspiele. Der Film im Kopfkino läuft. Er kommt herein, ich drehe mich zu ihm um.

Einen nach dem anderen öffne ich die Knöpfe seines Kittels, lasse ihm diesen langsam von den Schultern gleiten. Ziehe sein Polohemd aus dem Hosenbund, während unsere Lippen, unsere Zungen längst zueinander gefunden haben. Bei den Köchen heißt es so schön: Unter der Schürze liegt die Würze. Bei Ärzten müsste es dann heißen: Unter dem Kittel liegen die Freudenmittel. Doch dann...

Plötzlich steht Robert *wirklich* hinter mir, so unerwartet, dass ich mit einem erschrockenen Ausruf herum fahre. Beschwichtigend hebt er die Hände, weicht unwillkürlich einen Schritt zurück.

„Hey, hey, hey, ich bin's doch nur. Tut mir leid, ich wollte dich nicht erschrecken. Guten Morgen, erst mal."

„M… Morgen", stammele ich und völlig unsinnig: „T… Tut mir auch leid, ich war total in Gedanken."

„Woran du gedacht hast, frage ich wohl besser nicht", grinst er. Oh nein, bloß nicht! Um vom Thema abzulenken drücke ich ihm die erste Patientenakte in die Hand und der Tag nimmt seinen Lauf wie jeder andere Tag auch. Erst nach Sprechstundenende kommen wir dazu, uns privater zu unterhalten.

„Schade, dass du Freitagabend so schnell wegmusstest. War doch ein gelungener Abend."

Himmel, was soll ich darauf bloß antworten?

„Ja, doch, hat mir auch gut gefallen", stammele ich schließlich. „Aber, meine Katze, die ist schon unter der Woche so oft allein, wenn ich arbeiten bin. Die freut sich total, wenn ich mal etwas mehr Kuschelzeit für sie habe." Was Blöderes ist mir wohl auch nicht eingefallen. Doch er nimmt das ernst und es scheint ihm zu gefallen, denn er erwidert, ganz ohne jede Ironie: „Ja, unsere gute Schwester Evelyn mit dem großen Herzen für alle Menschen und alle Tiere. Von deiner Sorte sollte es viel mehr geben."

„Von deiner Sorte auch, und am besten einen, der *nicht* verheiratet ist." Aber das denke ich nur, spreche es nicht laut aus. Tja, wie es scheint, läuft zwischen uns alles weiter, wie gehabt. Er ist so unglaublich lieb zu mir, ich himmele ihn vergeblich an und mehr, als zusammen arbeiten ist nicht drin.

AUSFLUG MIT HERCULES

So beständig sonnig und warm ist das Wetter bereits im Frühling, dass ich meine gute, alte Hercules wieder aus der Garage hole und in trauter Gemeinschaftsarbeit mit Hein startklar für die Schönwetterfahrfreuden mache. Früher gehörte die silberfarbene Asphaltfräse ihm und auch ich habe darauf meine ersten Fahrversuche gemacht. Dabei ist das Maschinchen nicht so ohne, denn natürlich haben wir sie so frisiert, dass sie locker 100 Km/h läuft. Während wir gemeinsam schrauben und polieren denke ich zurück, an früher. Selbstverständlich hatte Hein als der Ältere nun mal vor mir seinen Führerschein und eben die Hercules. Und klar bin ich als Sozia mitgefahren. Doch dabei blieb es nicht. Zunächst nur auf einsamen Supermarktparkplätzen am Wochenende hat Hein mich damit fahren lassen. Und sobald ich sicher genug war, haben wir in jugendlichem Leichtsinn auch so des Öfteren unsere Position als Fahrer und Sozius getauscht. Immer nur auf weniger befahrenen Straßen, aber wehe, wenn uns einer erwischt hätte!

Meinem Bruder nacheifernd hab ich den Führerschein für Auto und Motorrad in einem Rutsch gemacht. Nachdem Hein sich was Schnelleres gekauft hat, ein *richtiges* Motorrad eben, satt unseres getunten Mopeds, hab ich Hercules übernommen und fahre damit, sobald das Wetter es zulässt. Wenn mir der Sinn danach steht, kann ich mir allerdings jederzeit die 1200er Suzuki Bandit von Hein ausborgen.

So fahre ich eines schönen Morgens zum ersten Mal wieder auf Hercules zur Arbeit. Mit dem Auto parke ich natürlich auf dem richtigen Parkplatz. Für Zweiräder, egal ob motorisiert oder nicht, gibt es extra Stellflächen. Und so treffen Robert und ich gleich morgens vor der Arbeit zusammen, während er sein Fahrrad abschließt und ich meine Hercules.

„Ja, hallo, seit wann bist du denn unter die Easy Rider gegangen?", fragt er mich zur Begrüßung.

„Schon seit ich mit 18 den Führerschein gemacht hab."

Er betrachtet Hercules skeptisch. „Ist aber nicht so ganz ungefährlich", bemerkt er.

„Hast du etwa Angst, dass ich eines Tages in Einzelteilen hier eingeliefert werde und du mich wieder zusammen basteln darfst?"

Ungewöhnlich ernst erwidert er: „Glaub mir, ich habe schon genügend entsetzliche Folgen von Motorradunfällen gesehen. Viele davon mit tödlichem Ausgang. Der Gedanke, dass *dir* sowas passiert..."

Beschwichtigend lege ich meine Hand auf seinen Arm. „Robert, du machst dir ja *wirklich* Sorgen." Klar, ich weiß auch, dass Motorradfahrer gern als potentielle Organspender angesehen werden. Ist ne traurige aber wahre Tatsache. Schnell fahre ich fort: „Aber das brauchst du nicht. Ich fahre schon mein Leben lang unfallfrei und immer vorsichtig. Schlimme Unfälle können immer und überall passieren. Dann darfst du auch nicht mehr Fahrrad oder Auto fahren, dann darfst du *gar nichts* mehr machen."

„Du hast ja Recht, trotzdem..."

„Bist du je Motorrad gefahren?"

„Bewahre! Nein!"

„Würdest du es gern mal probieren?"

„Zusammen mit dir?"

„Klar, ich besorge dir den Helm von Hein, damit du gut geschützt bist und dann können wir von mir aus gleich morgen nach Feierabend eine Runde fahren. Wenn du überhaupt willst, heißt das."

„Und wenn ich kneife hältst du mich für feige? Also gut, aber nur, weil ich weiß, dass ich dir vertrauen kann."

„Ich würde dich nie für feige halten. Aber ich freue mich, wenn du mir genügend vertraust, um mein Sozius zu sein. Also morgen dann, den Helm bringe ich mit. Und jetzt lass uns mit der Arbeit anfangen, sonst müssen unsere Patienten unnötig lange warten."

Hein schüttelt nur den Kopf, als ich später am Tag bei ihm vorbei komme und frage, ob er mir seinen Helm ausleiht. „Du und dein Herr Doktor zusammen auf Motorradtour. Na, ob das eine so gute Idee ist?" Meinen Wunsch nach seinem Helm schlägt er mir trotzdem nicht ab und vorsichtshalber nehme ich seinen Nierengurt und seine Handschuhe auch noch mit. Sicher ist sicher.

Richtig geplättet bin ich jedoch, als sich Robert anderentags zu unserer Ausfahrt einfindet. In so coolem Outfit habe ich ihn noch nie gesehen. Jeans, okay, die trägt er privat immer. Aber diese lässige Lederjacke und allen Ernstes ... Cowboystiefel, die auch noch echt aussehen, nicht nachgemacht. Er amüsiert sich über meine Verblüffung und erklärt auf meine Frage nach der Herkunft der Stiefel: „Ja, die hat mir ein Kommilitone vor langer Zeit mal aus Amerika mitgebracht. Hab nur nicht so oft Gelegenheit, sie zu tragen."

Ich helfe ihm, den Nierengurt richtig anzulegen und die Verschlussschnalle vom Helm ordnungsgemäß zu schließen, gebe ihm eine kurze Einweisung.

„Füße auf die Fußrasten und unbedingt oben *lassen,* auch wenn wir an der Ampel oder wo auch immer anhalten. *Ich* stelle meine Füße runter, du nicht! Gut festhalten, heißt, Hände um meine Hüften. Vor allem, immer mit meinen Bewegungen mitgehen. Nicht, dass ich mich in die Kurve lege und du versuchst, dich nach außen zu lehnen. Alles klar so weit, können wir?"

Er nickt, obwohl er jetzt doch etwas unsicher wirkt. Ich sitze auf, er hinter mir und tut brav, was ich ihm gesagt hab. Für einen Moment schließe ich die Augen, genieße seine Nähe. *So* nah war er mir noch nie. Schenkel drückt an Schenkel, und er hält sich wirklich so richtig an mir fest. Doch jetzt heißt es, mich aufs Fahren zu konzentrieren. Schließlich will ich mich von seiner wunderbaren Nähe nicht so sehr ablenken lassen, dass ich am Ende doch einen Unfall baue. Lautstark erwacht der Motor zum Leben. Ich klappe den Seitenständer hoch, erster Gang und go. Zunächst drehe ich einige langsame Runden um den Parkplatz, damit er erst mal ein Gefühl dafür bekommt, wie es ist, Sozius zu sein. Nachdem er da hinten drauf aber ganz entspannt zu sein scheint, kein Anzeichen von Unbehagen zeigt, verlasse ich den Parkplatz und gebe Gas. Ich fahre ohne festes Ziel einfach drauflos. Nachdem ich das sichere Gefühl habe, das wird mit ihm gutgehen, schlage ich den

Weg zum Waldcafé ein, in Serpentinen den Berg rauf, eine herrliche Kurvenstrecke. Oben auf dem Parkplatz vom Café ist er doch ganz schön außer Atem. Wir streifen Helme und Handschuhe ab. Etwas wacklig ist er auf den Beinen, weil diese Art der Fortbewegung ihm ungewohnt ist. Dennoch strahlt er mich an.

„Wow, das ist ja der Wahnsinn. Jetzt kann ich endlich nachvollziehen, was die Leute am Motorrad fahren finden. Und diese tolle Erfahrung verdanke ich dir." Er nimmt meine Hände in seine, strahlt noch immer wie eine Christbaumbeleuchtung. „Dafür lade ich dich jetzt aber ins Café ein."

Wir sitzen zusammen auf der Terrasse des Waldcafés, gönnen uns was Kühles zu trinken, genießen ohne viele Worte diesen gemeinsamen Ausflug. Gehen schließlich noch ein kurzes Stück nebeneinander den am Parkplatz beginnenden Wanderweg entlang. Sein diskreter Blick auf die Uhr. „Musst du wieder zurück?", frage ich bedauernd.

„So leid es mir tut, ja."

„Okay, dann lass uns wieder fahren. Von mir aus können wir das gern wiederholen und wenn du willst, dann leihe ich mir die Maschine von meinem Bruder. Dann erlebst du mal ein *richtiges* Motorrad. Dagegen ist der Kleine hier nur ein Spielzeug."

„Hätte nie gedacht, dass ich das mal sage, aber von mir aus gern."

In diesem Moment fühle ich mich so rundum zufrieden wie sich sonst wohl nur Carlo fühlt, nachdem ich ihm eine Extraportion Katzenmilch in seinen Napf geschüttet habe, die er mit Genuss wegschleckt. Berührt Hercules noch den Boden auf unserer Rückfahrt? Mir kommt es vor, als würden wir durch die frühlingswarme Luft den Berg hinunter schweben. Dieser erste Ausflug mit Robert und Hercules ist vorbei. Aber bald, ganz bestimmt ganz bald, werde ich ihn aufs Heins Suzuki Bandit mitnehmen.

SCHÖNER GEHT IMMER

Wieder folgen Tage und Wochen, die so normal und unspektakulär wie immer sind. Doch dann fragt Robert mich eines Tages aus heiterem Himmel: „Steht dein Angebot noch, mich mal wieder auf dem Motorrad mitzunehmen?"

Keine Ahnung, welcher Teufel mich reitet, aber ich erwidere kess: „Aber nur, wenn es diesmal eine richtige Wochenendtour wird."

Was macht er denn jetzt? Er blättert doch tatsächlich durch seinen Kalender und murmelt vor sich hin: „Nein, da habe ich Dienst in der Notaufnahme ... dort übernehme ich die Wochenendschicht... aber da dürfte es gehen." Zu mir aufblickend fährt er fort: „Hier, da habe ich bereits am Freitag frei und das ganze Wochenende. Wenn du dir auch den Freitag freinimmst..."

Kaum zu glauben, aber es ist ihm wirklich ernst. Ebenfalls auf den Kalender schauend sage ich: „Und Donnerstag ist die Sprechstunde nur bis Mittag. Dann könnten wir uns gleich nach Feierabend auf den Weg machen, kämen so in 6 – 7 Stunden an."

„Und *wo* kommen wir an, wenn ich fragen darf?"

Ich erzähle ihm von Paula, meiner Cousine, die es geschafft hat, tatsächlich ihren Kindertraum wahr werden zu lassen. Paula ist drei Jahre jünger als ich, die Tochter von Vaters Schwester, und früher haben unsere Familien öfters zusammen Urlaub gemacht, auf dem Bauernhof in diesem idyllischen, bayrischen Dorf. Wir Mädels sind, begleitet von unserem getreuen Beschützer Hein, kreuz und quer durch die Gegend gestromert, haben den Kuhstall und die umliegenden Wiesen, Wälder, Seen und Flüsse erkundet. Dort auf dem Hof gab es auch einen Jungen in unserem Alter, Ernst, mundartlich liebevoll Ernschtl genannt. Und wann immer es seine vielfältigen Aufgaben, die er als Junge schon auf dem Hof übernehmen musste, erlaubten, war Ernschtl bei unseren Ausflügen mit von der Partie. Paula war total vernarrt in ihn. Und so, wie ich immer gesagt habe: „Wenn ich groß bin, dann heirate ich Hein", so pflegte Paula stets zu sagen: „Wenn ich groß bin, dann heirate ich Ernschtl und ziehe zu ihm auf den Bauernhof."

Nur musste ich beizeiten einsehen, dass sich *mein* Kindertraum so nicht erfüllen würde, wohingegen Paula Ernst mit Ernst machte. Sie ist seit zehn Jahren mit ihm verheiratet, die Chefin von ungezählten Kühen, glücklichen Freilandhühnern und zig halbwilden Katzen und dem riesigen, tapsigen Hofhund, der nur so tut, als wäre er gefährlich. Routiniert fährt sie selbst die größten Trecker mit allerlei Gerät im Schlepp, sorgt dafür, dass es den Feriengästen gut geht und ist obendrein noch glückliche Mama von Ernschtl Junior. Ihr Bauernhof in diesem kleinen Dorf, welches nach all den Jahren noch genauso aussieht wie in meiner Kindheit, ist auch heute noch mein liebstes Urlaubsziel. All das erzähle ich Robert, um ihm unseren Wochenendtrip dorthin schmackhaft zu machen.

„Evelyn, du schwärmst ja richtig", bemerkt er, als ich mit meinen Schilderungen zum Ende gekommen bin.

„Oh ja, nirgends hab ich mich je so wohl gefühlt wie dort. Wozu in die Ferne schweifen, wenn das schönste Ziel, das ich mir vorstellen kann, so nah liegt?"

„Na, dann solltest du es mir wirklich zeigen."

„Und was ist mit Martina und den Kindern?" Verdammt, warum *musste* ich das fragen? Ist doch schließlich nicht mein Problem! Doch er antwortet ganz ruhig: „Martina wird in diesem Zeitraum ebenfalls nicht da sein. Ich kann mir ja nicht andauernd so viel Urlaub nehmen, sie möchte aber gern mit den Kindern mal wieder raus, was anderes sehen. Sie verbringt einige Zeit bei ihren Eltern."

„YEEHAW!", jubele ich innerlich. Jetzt muss ich nur noch Paula anrufen und darauf vorbereiten, wann wir bei ihr eintrudeln, Hein verklickern, dass er mir dann sein Motorrad leiht und einem Wochenende, welches garantiert unvergesslich wird, steht nichts mehr im Wege.

Hein schüttelt nur den Kopf, als ich ihm von dem geplanten Ausflug erzähle. „Evelyn, Evelyn, wohin soll das noch führen? Ich weiß, du hast nie auf mich gehört, wenn es um deinen Halbgott in Weiß geht, aber willst du dir das wirklich antun? Egal, was an diesem Wochenende zwischen euch passiert oder auch nicht passiert, aber glaubst du wirklich, dass er sich danach auf einmal von seiner Martina scheiden lässt, um dann dich zu heiraten? Und hast du dich je gefragt, ob du ihn noch so achten und wertschätzen könntest, *wenn* er seine Frau leichtfertig mit dir betrügen würde, sich deinetwegen von ihr trennen würde?"

Obwohl ich *weiß,* dass er Recht hat, schreit alles in mir: „Aber wenn er es doch aus Liebe zu mir tut und mit ihr nur noch der Form halber zusammen ist!"

„Heißt das jetzt, du leihst mir deine Suzuki nicht?", frage ich niedergeschlagen.

„Würde das was ändern? Dann würdest du trotzdem fahren, die Strecke mit Hercules auf dich nehmen, wie ich dich kenne. Nimm trotzdem meine Warnung mit auf den Weg, dass du so oder so enttäuscht werden wirst. Und, bevor du fragst, selbstverständlich sorge ich in der Zeit dafür, dass dein Carlo nicht verhungert."

Ach, mein lieber, großer, fürsorglicher Bruder! Ich nehme ihn in den Arm, wir drücken und halten uns ganz fest. Leise sage ich zu ihm: „Ich weiß, dass du Recht hast und ich weiß, dass du es gut mit mir meinst. Aber, *wenn* ich diesen Ausflug mit ihm nicht mache, dann werde ich mich ewig fragen, was ich versäumt habe, wie es gewesen wäre, wenn… Also, lass mich diesen Fehler machen und sei einfach für mich da, wenn ich hinterher jemanden zum Ausheulen brauche."

„Das bin ich doch immer", sagt er und gibt mir einen freundschaftlichen Klaps.

„Wenn wir schon dabei sind, leihst du Robert auch deinen Motorradkombi?"

„Ist der ihm nicht zu groß? Dein Robert ist doch kaum größer als du."

„Ach, wird schon passen."

Dann ist er da, der große Tag. Nie habe ich so ungeduldig darauf gewartet, dass ein Arbeitstag endlich zu Ende ist. Ich hab Robert tatsächlich morgens von zu Hause abgeholt, mit dem Auto. Sein Gepäck muss er ja auch mitnehmen, obwohl es für die paar Tage nicht viel ist. Ich bin kribbelig vor Aufregung, als wir uns endlich auf den Weg zu Hein machen, uns samt seiner Suzuki startklar machen. Unser Gepäck wird sorgfältig in den beiden Seitenkoffern und im Topcase verstaut. Ich hab ja meinen eigenen Motorradkombi, den ich jetzt anziehe. Robert lernt unter Heins Anleitung, sich bikermäßig anzukleiden. Ein bisschen zu weit sind ihm die Sachen tatsächlich, aber nicht so, dass es nicht ginge. Besser zu weit, als so eng, dass er nicht mal damit aufs Motorrad kommt. Wir sitzen auf. Letzte gute Wünsche für die Fahrt. Ich drücke den Anlasser, trete den Schalthebel runter in den ersten Gang, hupe zum Abschied, spüre die berauschende Nähe von Robert, der ganz nah an mich ran rückt, mich umschlungen hält. Wir brausen los.

Alles ist berauschend, nicht nur Roberts Nähe. Das milde Frühsommerwetter, das Dahingleiten auf der Autobahn, die vorbeirauschende Landschaft, die stetig bergiger wird. Wir machen Rast, vertreten uns die Beine, essen zwischendurch, sind übermütig und aufgeregt wie Kinder auf ihrer ersten Klassenfahrt. Die Dämmerung bricht herein, wird zu Dunkelheit. Der Scheinwerfer zeigt uns zuverlässig den Weg, den ich schon so oft gefahren bin, dass ich ihn buchstäblich im Dunkeln finde. Der Motorensound hallte von den Hauswänden wider, als wir durch das nächtliche Dorf fahren. Der Hof von Paula und Ernschtl liegt etwas außerhalb. Die Brücke über den Fluss, nur noch wenige Meter und ich biege in die kopfsteingepflasterte Einfahrt ein. Stelle den Motor ab, klappe den Seitenständer runter, bleibe einen Moment lang einfach nur sitzen, erleben bewusst diesen Augenblick des Angekommen sein. Da kommen auch schon Paula und Ernst aus dem Haus, die uns natürlich längst gehört haben. Allgemeine herzliche Begrüßung und ich merke sofort, dass auch Paula von Robert ganz angetan ist. Dazu bedarf es nicht des kleinen Knuffs und des Augenzwinkerns, als wir, beladen mit unseren Sachen, ins Haus gehen, uns von Paula unsere Zimmer zeigen lassen. Bewusst habe ich ihr gesagt, dass wir *zwei* Zimmer brauchen und die bekommen wir auch. Die beiden gemütlichen, kleinen Kammern, die direkt nebeneinander unterm Dach liegen, und einen gemeinsamen Balkon haben. Zunächst begibt sich jeder von uns in sein Zimmer. Paula und Ernst sagen gute Nacht. Für sie wird es Zeit, ins Bett zu kommen. Sie müssen morgen in aller Herrgottsfrühe ja schon wieder auf sein, die Kühe melken und füttern. Robert und ich sind nach der Fahrt zu aufgekratzt, um schon Schlaf zu finden, treffen auf dem Balkon wieder zusammen. Fürsorglich, wie sie ist, hat Paula mir eine Flasche Wein ins Zimmer gestellt, lieblichen Dornfelder, und zwei Gläser dazu. Den trinken wir gemeinsam, während wir nebeneinander auf dem Balkon sitzen, schweigend über die nächtliche Landschaft schauen. Stille umgibt uns, die nur vom fernen Bimmeln der Kuhglocken und von vereinzelten Autos unterbrochen wird, die auf der Bundesstraße fahren. Wie eine riesige, leuchtende Orange steht der Vollmond am Himmel über der dunklen Silhouette des

Waldes und der Berge. Weißer Nebel, der vom Fluss aufsteigt, wabert über die Wiesen. Dass ich unwillkürlich angefangen habe, das alte Lied leise vor mich hin zu singen: „Der Mond ist aufgegangen. Die goldnen Sternlein prangen…", wird mir erst bewusst, als Robert ebenso leise mit einstimmt: „ … und aus den Wiesen steiget, der weiße Nebel wunderbar." Ehrlich, dieser Moment, er ist zum Heulen schön und dabei kein bisschen kitschig.

Der Wein lässt uns so langsam doch unsere Müdigkeit spüren. Wir begeben uns zu Bett, jeder ganz brav in sein Zimmer, in sein eigenes Bett. Doch unsere Balkontüren bleiben offen. Eine Weile hält mich noch der erregende Gedanke an diesen Mann wach, der da praktisch zum Greifen nahe ist, dann übermannt mich der Schlaf.

URLAUB MIT ROBERT

Der Freitagmorgen beginnt mit einem üppigen Frühstück, gemeinsam mit Familie und den anderen Feriengästen. Verschieden Sorten frischer Brötchen zur Auswahl, Wurst vom Dorfmetzger, herzhafter Bergkäse, Marmelade für die Süßschnäbel, Eier von den hofeigenen Hühnern und das Allerbeste, die noch warme, frisch gemolkene Milch, die alles übertrifft, was es an Milch im Supermarkt zu kaufen gibt. Wir frühstücken mit Genuss, lassen uns viel Zeit.

„Und was willst du mir heute schönes zeigen?",
fragt Robert.

„Lass dich überraschen. Gleich packen wir erst mal unsere Rucksäcke und dann … ich hoffe, du bist gut zu Fuß."

Richtig zünftig sieht er aus, in Jeans, Wanderschuhen und – weil es morgens doch noch empfindlich kühl ist – einem Norwegerpulli. Vormittags will ich ihm zunächst meinen Lieblingsplatz am Fluss zeigen. Dort, wo wir als Kinder immer nach Herzenslust geplantscht haben, im Steine werfen gewetteifert haben. Wer wirft am weitesten, bei wem springt der Stein am häufigsten, wer kriegt den größten Platscher hin. Nur mit leichtem Gepäck machen wir uns auf den Weg durch die Wiesen, an vereinzelten Höfen vorbei, dann der Abstieg runter zum Fluss.

Wir sind da, sitzen am Ufer, allein mit dem Rauschen des Flusses. Er zieht seine Schuhe aus, krempelt die Hosenbeine hoch, watet vorsichtig ins Wasser. Ich trau mich nicht so recht. Früher, als Kind, haben mir die schmerzenden Steine unter den Füßen, die Kälte des Wassers, nichts ausgemacht. Inzwischen, im fortgeschrittenen „Alter", bin ich da etwas empfindlich geworden. Bin zwar ebenfalls barfuß, bleibe aber lieber auf meinem großen Stein am Ufer sitzen. Er plantscht übermütig wie ein großer Junge im Fluss. Doch dann passiert es. Da war wohl ein Stein etwas zu rutschig und schon liegt er – begleitet von meinem erschrockenen Aufschrei – der Länge nach im Fluss, fällt, wie man so schön sagt, mit dem Kopf aufs Gesicht. So schnell es die Steine zulassen balanciere ich zu ihm.

Hoffentlich hat er sich nicht verletzt. Doch schon rappelt er sich prustend wieder auf, gerade als ich ihn erreicht habe, um ihm aufzuhelfen. Er nimmt meine Hand, lässt sich ans Ufer ziehen und einfach dort auf die Steine sinken.

„Hast du dir wehgetan? Brauchst du Hilfe?", frage ich.

„Unbedingt", sagt er, verschmitzt grinsend. „Ich brauche Erste-Hilfe-Maßnahmen, das volle Programm. Und nur du kannst mich retten, denn wir sind hier draußen ganz allein."

Ich steige auf sein Spiel ein, erwidere in hilflosem Tonfall: „Aber ich weiß gar nicht, was ich machen soll. Du bist doch der Arzt, sag mir, was zu tun ist."

„Ts, und sowas nennt sich Krankenschwester", tut er empört. „Zuallererst sprichst du den Verletzten an, ob er bei Bewusstsein ist."

„Hallo!", rufe ich, in gespielter Verzweiflung, „Kannst du mich hören?"

„Nein, kann ich nicht, ich bin ohnmächtig."

„Und was mache ich jetzt mit dir Ohnmächtigem?"

„Den Puls fühlen wäre eine gute Maßnahme."

Ich lasse meine Finger abwärts gleiten, vom Mundwinkel aus seitlich an den Hals, fühle das gleichmäßige, beruhigende Pochen unter meinen Fingerspitzen; Tock, Tock, Tock.

„Herr Doktor, der Patient hat regelmäßigen Puls. Und was weiter."

„Vielleicht solltest du den Patienten von seinen beengenden Kleidungsstücken befreien."

Mühsam zerre ich ihm den dicken Pulli über den Kopf, lege ihn unter seinen Körper, damit er nicht auf den harten Steinen liegen muss. Sein fester, trainierter Körper, ohne ein Gramm überflüssiges Fett und doch so weich, einladend und schmiegsam. Automatisch lege ich meinen Kopf auf seine Brust, überprüfe seine Atmung, spüre das beruhigende Heben und Senken seines Brustkorbs. Dazu seinen Herzschlag; Pock-Pock, Pock-Pock, Pock-Pock.

Ewig könnte ich so liegen, seinem Herzen, seinem Atem lausche. Doch er reißt mich aus meiner kleinen Idylle.

„Ich fürchte, dein Patient brauch Mund-zu-Mund-Beatmung. *DRINGEND!"*

Hmmmmm, das klingt auch gut. Meine Lippen zeichnen eine Kußspur von seiner Brust über seinen Hals hin zu seinem Mund. Wenn schon, denn schon! Gnadenlos halte ich ihm die Nase zu, sodass er gar keine andere Wahl hat, als den Mund zu öffnen, wenn er noch atmen will. Meine Lippen auf seinen, gierig, fordernd. Unsere Zungen umtanzen sich. Jaaaaaaa! Küss mich! Küss mich und hör bloß nicht damit auf. Inzwischen hat seine nasse Kleidung mich ebenfalls durchnässt. Und doch, *natürlich* kann dieses spontane, heitere Spiel nicht von Dauer sein. Dann nämlich, als er sagt: „Verflixt! Meine Brille! Ich glaube, die ist im Fluss gelandet."

Ich stehe auf, wate vorsichtig zu der Stelle, wo er vorhin ausgerutscht ist, schaue suchend übers Wasser. Entdecke seine Brille tatsächlich und fische sie auf, die wie durch ein Wunder keinen Schaden genommen hat. Er hat inzwischen ein trockenes T-Shirt aus seinem Rucksack geholt und angezogen, darüber eine leichte Jacke. Dankbar setzt er seine Brille wieder auf.

Was uns da spontan überkam, es ist vorbei. Und überhaupt, ich will ihm heute ja noch mehr zeigen.

„Na komm, sonst schaffen wir es heute nicht mehr zu meiner Hütte", sage ich und wir machen uns an den Aufstieg.

Paula hat uns ein besonders leckeres Mittagessen zubereitet, Kässpätzle. Dann kommen wir, zusätzlich mit von Paula ausgeborgten Schlafsäcken und Isomatten, die wir in unseren Rucksäcken verstauen, zum zweiten Teil meines heutigen Programms.

DAS HAUS AM SEE

Ja, okay, das mit dem *Haus* ist übertrieben und *See* trifft es auch nicht ganz. Tatsächlich habe ich uns die Schlüssel für diese zauberhafte, kleine Hütte am Forellenweiher organisiert. Beides gehört ebenfalls zum Hof, liegt jedoch drei bis vier Stunden zu Fuß davon entfernt.

Dieser Ort, er ist ein Kindheitstraum. Der Traum, in dieser kleinen Hütte am See zu leben, ungestört. Nur Wald, Berge, Kuhglockengeläut. Dort auf der Veranda zu sitzen, einfach die Aussicht zu genießen, den Libellen beim Flug, den Fischen beim geschmeidigen Gleiten durchs Wasser zuzusehen. Wird er mein kleines Paradies zu würdigen wissen?

Ein strammer Marsch von mehreren Stunden liegt vor uns. Und ich stelle fest, dass diese kleine Lebensweisheit, die ich vor langem für mich gefunden habe, absolut zutreffend ist: Ob ein Mensch wirklich zu dir passt, weißt du, wenn du mit ihm einen Spaziergang durch die Natur gemacht hast.

Und welche Natur könnte grandioser sein als die meiner geliebten Berge? Er passt genau, hierher und zu mir. Er ist keiner von denen, die meinen, sie müssten einen andauernd volllabern. Er kann die Stille genießen. Erst recht gehört er nicht zu denen, die bereits nach wenigen Metern anfangen zu jammern, dass sie nicht mehr können, dass ihnen dies und das und jenes weh tut und überhaupt, wie weit ist es denn noch? Auch begeht er nicht die Unsitte aller Unsitten, sich seinen MP3-Player einzustöpseln, statt der Musik der Natur zu lauschen. Mit ihm ist es einfach ein angenehmes Wandern, ein ganz und gar da sein, fühlen, genießen, ohne überflüssige Worte.

Gleich haben wir es erreicht, mein Kindheitsparadies, welches ich – nunmehr erwachsen – mit ihm teilen möchte. Ich fasse nach seiner Hand, trete sehr bewusst mit ihm aus dem Wald hinaus auf die Wiese, in deren Mitte der Weiher liegt. Und dort, am Waldrand, die kleine Hütte. *Unsere* Hütte. Wir stehen, schauen, atmen sehr bewusst die klare, frische Luft. Keine Eile, kein Drängen. Wir sind hierhergekommen, und *Zeit* zu haben, Ruhe zu finden. In unabgesprochener Gleichzeitigkeit setzen wir uns wieder in Bewegung, gehen Hand in Hand zur Hütte, stellen unsere Rucksäcke ab, setzen uns auf die hölzerne Bank auf der Veranda.

So herrlich ruhig verläuft dieser Nachmittag. Wir bummeln um den Weiher, lassen von einem kleinen, hölzernen Steg aus die Füße ins Wasser baumeln, füttern die Fische mit Brotkrümeln. Wir sitzen, schauen, schweigen, genießen die Ruhe und die grandiose Aussicht. Später am Abend verspeisen wir vor der Hütte unsere mitgebrachten Butterbrote, trinken dazu die gute Milch, die uns Paula in Thermoskannen abgefüllt hat. Wir sitzen noch immer, schauen zu, wie die Sonne unter und der Mond aufgeht, nach und nach die Sterne erscheinen. Ein funkelndes Himmelslichtermeer, welches hell und klar über uns steht und zum Greifen nah scheint. Nach und nach macht sich Müdigkeit bemerkbar und kalt wird es auch. Wir begeben uns in die Hütte, rollen unsere Isomatten am Fußboden aus, legen die Schlafsäcke darauf, kriechen hinein, ganz brav jeder für sich in seinen Schlafsack.

„Gute Nacht, Evelyn", sagt er.

„Nacht Robert, schlaf schön."

Stille, in der ich deutlich sein Atmen höre. So nah liegt er neben mir, dass ich nur die Hand ausstrecken bräuchte, um ihn zu berühren, nur ein paar Zentimeter nach rechts rutschen bräuchte um …

Warum macht *er* denn nicht den ersten Schritt auf mich zu? Traut er sich genau so wenig, wie ich mich traue? Immerhin, vorhin unten am Fluss, da haben wir uns sogar geküsst. Okay, der Kuss ging mehr von mir aus, aber *er* hat dieses Spiel mit dem ohnmächtigen Patienten, der Mund-zu-Mund-Beatmung braucht, angefangen *und* meinen Kuss erwidert. Hat dieser Mann eine so eiserne Selbstbeherrschung? Bedeute ich ihm womöglich nicht mal ansatzweise so viel, wie er mir bedeutet? Oder – diese Möglichkeit gefällt mir von allen am wenigsten – liebt er seine Martina so sehr, dass er ihr diesen Verrat einfach nicht antun will? Ich muss bei diesem Gedanken wohl unwillkürlich laut aufgeseufzt haben, denn aus der Dunkelheit kommt seine Frage: „Kannst du nicht schlafen?"

„Nein, nicht wirklich?"

„Und woran liegt's? Zu hart und unbequem?"

„Nein, daran nicht, es ist nur …" Ich seufze erneut, nehme all meinen Mut zusammen und frage: „Robert, weißt du eigentlich, wie viel du mir bedeutest? Warum kann zwischen uns nicht … *Mehr* sein?"

Jetzt seufzt er ebenfalls. „Ach, Evelyn, das habe ich fast schon befürchtet. Sag mir, mit welchen Erwartungen bist du mit mir auf diesen Wochenendtrip gegangen?"

„Ich … ich wollte einfach, dass wir mal Zeit füreinander haben, ganz woanders und ohne Patienten, Kollegen, Familie. Und ja, ich habe gehofft, wir kommen uns näher oder eben, wir stellen fest, dass wir doch nicht so gut zusammen passen, wenn wir mal ganz privat sind."

Wieder seufzt auch er, sucht vorsichtig nach den richtigen Worten: „Warum muss das alles so kompliziert sein? Ich hätte nie geglaubt, dass mir sowas mal passiert. Ich bin verheiratet, ich liebe Martina, wirklich, auch wenn du dir in diesem Punkt sicher etwas anderes erhoffst. Sie, die Kinder und ich, wir waren immer die glückliche Vorzeigefamilie. Und dann begegne ich dir und weiß plötzlich nicht mehr, was ich fühlen soll. Du hast da etwas in mir ausgelöst, womit ich nicht umgehen kann. Ich will dich nicht verletzen, aber ich kann und will auch Martina nicht verletzen, nicht verlassen, nicht betrügen. Ich bereue nicht, dass ich mit dir hierhergekommen bin. Ich bereue nichts von dem, was zwischen uns passiert ist, keine Sekunde. Aber ich weiß nicht, wie es weitergehen soll."

„Ich würde nie von dir verlangen, dass du dich von Martina trennst. Das … klingt jetzt sicher nicht sehr moralisch, aber andere Leute haben auch ihre heimliche Geliebte, ihren Geliebten oder führen gar eine ganz offenen Dreiecksbeziehung. Wenn wir es einfach versuchen..."

„Glaub mir, früher oder später fliegt uns das alles um die Ohren. Sicher, Gelegenheit hätten wir genug, uns heimlich miteinander zu treffen. Und sicher kann man auch eine ganz offizielle Dreiecksbeziehung führen. Aber ich denke nicht, dass so etwas langfristig funktioniert. Am Ende sind wir dann kein glückliches Trio sondern drei verwirrte, verletzte Singles."

„Und wie sollen wir in Zukunft miteinander umgehen? Einfach nur auf gute Freunde und Kollegen machen?"

„Was bleibt uns anderes übrig? Du hast mir doch öfters von deinem Bruder erzählt. Und aus deinen Erzählungen habe ich deutlich heraus gehört, wie viel dir dein Bruder bedeutet, wie sehr du ihn liebst. Alles, was ich dir anbieten kann, ist, dir ein so guter Freund und Kamerad zu sein, wie dein Bruder. Tut mir leid, tut mir ehrlich leid, aber mehr kann ich dir nicht geben, auch, wenn ein Teil von mir das gerne würde."

„Dann … werden wir uns wie zwei ganz erwachsene, vernünftige Menschen verhalten und versuchen, so damit zu leben."

Aus dem Dunkeln greift seine Hand zu mir rüber, drückt die meine ganz fest, lässt sie nach einer Weile wieder los, während er leise sagt: „Du bist eine ganz besondere, liebenswerte Frau und ich wünsche dir von ganzem Herzen, dass du einst den Mann triffst, der dir das *Mehr* geben kann, was du von mir nicht bekommen kannst. Und jetzt versuch zu schlafen. Morgen müssen wir schon wieder Abschied nehmen von unseren gestohlenen Stunden in deinem Paradies."

Ich versuche es, aber der Schlaf will sich noch lange nicht einstellen. Zu aufgewühlt sind meine Gedanken. Warum muss ich überhaupt zurück? Hier, in den Bergen, bei Paula und Ernst auf dem Hof, da habe ich mich schon immer wohl gefühlt. Nein, mehr als wohl. Es ist wie eine Heimat für Herz und Seele. Wenn ich ihn nun morgen einfach allein zurück schicke? Vom nächsten Bahnhof aus wird er sicher mit der Bahn zurück finden. Oder er leistet sich einen Mietwagen. Ich könnte meine Kündigung einreichen, kurzfristig meinen gesamten Resturlaub nehmen und wenn der für die Kündigungsfrist nicht reicht, dann eben unbezahlten Urlaub nehmen und ich bräuchte nie mehr zurück, mir diese vergebliche Hoffnung nicht länger antun. Qualifiziert genug bin ich, um jederzeit überall eine neue Stelle als Krankenschwester zu bekommen. Im Moment wäre es mir sogar egal, wenn ich für den Rest meines Lebens Kuhställe ausmisten würde. Der Morgen graut bereits, als ich zu dem Schluss komme, dass ich nicht der Typ bin, mich so einfach aus der Affäre zu ziehen. Für kurze Zeit falle ich in einen unruhigen Schlummer.

Das Erste, was ich sehe, kaum, dass ich mich frühmorgens gähnen aus meinem Schlafsack geschält habe und vor die Tür trete, ist Robert, der soeben dem Weiher entsteigt. Sofort ist sie wieder da, die quälende Sehnsucht, wie er so auf mich zukommt, seinen Prachtkörper nur mit Badehose bekleidet, während das Wasser an ihm herunter tropft. Diskret ziehe ich mich wieder in die Hütte zurück, um ihm Gelegenheit zu geben, sich abzutrocknen und anzuziehen. Ich selbst verzichte auf ein morgendliches Bad und das nicht nur, weil mir das Wasser zu kalt ist.

Mit den letzten Vorräten aus unseren Rucksäcken machen wir ein karges Frühstück, packen unsere Sachen zusammen und dann heißt es, Abschied nehmen, von meinem Kindheitsparadies, das nun für immer auch meine Erwachsenenträume beheimatet. Schweigend machen wir uns auf den Rückweg zum Hof. Ich kann nicht mal sagen, ob es ein einvernehmliches Schweigen ist, so, wie es das bisher immer zwischen uns war, oder ein lastendes Schweigen, weil keiner weiß, was er sagen soll.

Paula erwartet uns bereits mit dem Mittagessen. Rohrnudeln hat sie diesmal für uns zubereitet. Doch ich muss mich fast zwingen, etwas zu essen und Paulas fragend-besorgter Blick entgeht mir nicht. Wieder verstauen wir unsere Habseligkeiten in den Packtaschen des Motorrads, ziehen unsere Motorradkombis an. Paula drückt mich zum Abschied und flüstert dicht an meinem Ohr: „Denk dran, kein Mann ist es wert, dass du seinetwegen weinst. Wenn er dich zum Weinen bringt, ist er auch nicht der Richtige für dich."

Verflixt, jetzt ist mir erst recht zum Heulen zumute. Nicht nur, weil mir der Abschied hier immer besonders schwer fällt. Diesmal bleibt eine ganz besondere Erinnerung zurück. An gestohlene Stunden mit einem Mann, den ich niemals *wirklich* haben werde und die sich so niemals wiederholen werden. Und doch, ich muss mich aufs Fahren konzentrieren, um uns heile wieder nach Hause zu bringen. Wobei eine kleine, trotzige Stimme mir zuflüstert, dass es doch völlig egal ist, ob wir wieder zurück kommen oder unterwegs auf der Strecke bleiben.

Entgegen meiner sonstigen Gewohnheit fahre ich zu schnell, zu riskant und merke sehr genau, dass sich Robert diesmal hinter mir nicht so wohl fühlt wie bisher. Umso besser, dann wird er bestimmt keine Lust haben, noch mal mit mir zu fahren und wir können dieses Kapitel auch abhaken. Viel zu schnell kommen wir an, steuere ich die Suzuki in Heins Einfahrt zurück. Er ist nicht da, muss arbeiten, dafür nimmt uns Margitta in Empfang. Ihr übergebe ich die Motorradschlüssel und Heins Ausrüstung. Ungewöhnlich knapper Abschied von Robert, der sich ein Taxi bestellt hat, sein Gepäck einlädt, sich nach Hause fahren lässt. Nur eben nicht von mir.

„Magst du noch auf einen Kaffee reinkommen?", fragt mich Margitta, kaum, dass er gefahren ist. Ich folge ihr ins Haus, lasse mich aufs Sofa sinken und den lange unterdrückten Tränen freien Lauf. Margitta sagt nichts, fragt nichts, ist einfach nur da und lässt mich weinen, bis keine Tränen mehr kommen wollen. Der Kaffee ist darüber kalt geworden. Hein hat heute keine Zeit für mich. Im Restaurant ist eine große Feier, da kann es spät werden, oder früh, je nachdem, wie man es nimmt. Und ich muss wohl oder übel nach Hause, denn morgen hat mich der Arbeitsalltag wieder.

Carlo begrüßt mich nur kurz und hochmütig, so nach dem Motto: „Schön, dass du auch mal wieder geruhst, meinen Fressnapf zu füllen."

Ich beutele ihn liebevoll ein wenig. „Jetzt tu nicht so, als hätten Hein und Margitta dich hungern lassen."

Trotz allem, ein gutes Gefühl, nicht ganz allein zu sein, auch wenn es „nur" mein oller Kater ist, der für eine Überdosis Extrastreicheleinheiten herhalten muss.

UND WEITER?

Ein Montag, wie jeder andere auch. Ich erledige meine Arbeit wie immer. Begegne Robert, wie immer. Wir arbeiten Hand in Hand und ohne dass Worte nötig wären zusammen, wie immer. Und doch ist nichts wie immer. Ich weiß nicht, ob ich es mir nur einbilde, aber zwischen uns ist jetzt eine gewisse Distanz. Jemand, der uns nicht so gut kennt, der nicht weiß, wie es *vor* unserem Wochenendausflug war, würde sicher keine Veränderung bemerken. Mir wird sie nur zu schmerzhaft bewusst. Ob ich will oder nicht, von Robert geht die gleiche Anziehungskraft aus wie eh und je. Aber ich darf nicht mehr in ihm sehen, als meinen Chef, oder, wie er es in jener Nacht in der Hütte ausgedrückt hat, einen guten Freund und Kameraden, so, wie ein Bruder. Kann ich so weiter machen? Will ich so weiter machen?

Hein, zu dem ich wie immer mit diesem Problem komme, sagt dazu nur: „Meine Meinung kennst du. Verrenn dich nicht weiter in deinen Robert. Mach einen Haken dran und schau nach vorn."

Einige Tage später kommt er mir mit einem ganz besonderen Vorschlag. Rührend, wie er um den heißen Brei herum redet, ehe er damit rausrückt, was er eigentlich will. So nebenbei erwähnt er, dass er als Gast im Restaurant einen alten Bundeswehrkameraden von früher wiedergetroffen hat. Jener Klaus Hildebrand war damals Sanitäter, hat es inzwischen zum Facharzt für Unfallchirurgie und Orthopädie gebracht. Zurzeit ist er noch in einem Krankenhaus angestellt, jedoch nicht in unserem. Ab dem 01.01. des kommenden Jahres wird er jedoch die Praxis eines Kollegen übernehmen, der in Ruhestand geht. Endlich kommt Hein zum Punkt: „Jetzt reiß mir bitte nicht gleich den Kopf ab, aber ich habe Klaus gegenüber erwähnt, was für eine tüchtige Krankenschwester du bist. Und, mal ehrlich, so groß dürfte der Unterschied zwischen der Tätigkeit in einer privaten Praxis zu deinen Aufgaben im Krankenhaus wohl nicht sein. Wenn du interessiert bist, *er* würde sich jedenfalls über eine Bewerbung von dir freuen."

„Dann kann ich nur hoffen, dass er alt, hässlich, unfreundlich und unsympathisch ist."

„Nichts davon, nur, um dich gleich vorzuwarnen, verheiratet ist er ebenfalls."

Immerhin bringt Hein mich so weit, ihm zu versprechen, dass ich über diese Option ernsthaft nachdenke, sie nicht gleich verwerfe.

„Ich weiß, wie viel dir deine Arbeit im Krankenhaus bedeutet. Aber ich weiß auch, dass es besser für dich wäre, dir eine weitere Zusammenarbeit mit Robert nicht anzutun. Was bringt es dir denn, ihn immer nur vergeblich anzuhimmeln? Darüber wirst du noch zur verbitterten, alten Jungfer, weil du dir all die anderen, tollen Männer entgehen lässt, die noch frei draußen herum laufen."

Für diese Bemerkung knuffe ich ihm schmerzhaft fest in die Rippen. „Das darfst du aber auch nur sagen, weil du mein Bruder bist", schimpfe ich scherzhaft mit ihm.

Will ich das, meine Zusammenarbeit mit Robert aufgeben und somit auch diese verrückte, vergebliche Hoffnung, dass da vielleicht irgendwann, irgendwie doch noch was geht? Zum Glück haben wir erst Sommer. Bis zum 01.01. ist noch viel Zeit.

VALENTIN

Die Zeit vergeht, ich weiß nicht wie. Ehe ich's mich versehe, hält der Herbst Einzug und unsere alljährliche, große Betriebsfeier steht vor der Tür. Ein ganz besonderes Event, welches mit einem steifen, offiziellen Teil beginnt, bei dem hochwichtige Reden gehalten werden und Mitarbeiter für besondere Verdienste ausgezeichnet werden. Danach folgt ein exquisites Buffet und im Anschluss daran der gemütliche Teil, bei dem getanzt wird, aber so richtig discomäßig, wobei durchaus auch schon mal *etwas* mehr Alkohol fließt und selbst die altgedienten Chefärzte locker drauf kommen. *Eigentlich* sind solche Massenveranstaltungen nicht mein Ding. Aber alle Jahre wieder kriegen mich die Kolleginnen doch irgendwie rum und ich komme mit. So auch in diesem Jahr. Wie immer komme ich mit dem eigenen Auto. Erstens schätze ich meine Unabhängigkeit, wieder abhauen zu können, wann immer mir danach ist. Zweitens trinke ich in der Öffentlichkeit ohnehin keinen Alkohol, von wegen heilloser Blamage durch Kontrollverlust.

Zunächst nimmt der Abend seinen gewohnten Verlauf. Doch während bei allen anderen die Stimmung stetig steigt, geht sie bei mir langsam aber sicher in den Keller. Natürlich ist Robert ebenfalls anwesend, nur leider nicht allein sondern mit Martina an seiner Seite. Mich hat er freundlich begrüßt, wie immer, ansonsten beachtet er mich kaum. Wenn ich mich schon nicht vor Frust darüber besaufe, so versuche ich wenigstens, mir diesen von der Seele zu tanzen, was leidlich schlecht gelingt. Irgendwann gesellt sich Valentin – ein Bier in der Hand, die Zigarette im Mundwinkel – an meine Seite. Valentin ist Krankenpfleger, sieht zweifellos gut aus, rattenscharf, um ehrlich zu sein, ist aber ganz und gar nicht mein Typ. Überhaupt ist er kein Mann für eine, wie auch immer geartete, feste Beziehung. Er ist der Mann, mit dem Frau leidenschaftliche Stunden verbringt, um danach wieder ohne Bedauern und Hoffnung auf *Mehr* ihrer Wege zu gehen. Keine Ahnung, wie viele Eroberungen er schon hatte. Auch wir beide haben schon öfter, nur so aus Spaß, miteinander geflirtet, herumgealbert, ohne dass da je ernsthaftes Interesse bei mir bestand. Heute bin ich angefressen genug, auf seine Annäherungsversuche einzusteigen. Warum soll ich immer nur am Rande stehen und zuschauen? Wenn ich nicht bekommen kann, was ich will, dann nehme ich eben, was grad verfügbar ist. Machen andere schließlich auch. Basta!

So kommt es, dass er mich beim Tanzen immer enger an sich zieht, anfängt, mich zu küssen und seine Hände langsam in unanständige Zonen wandern. Mit einem „Nicht hier!", schiebe ich ihn ein Stück von mir weg. Schließlich sind wir immer noch in der Öffentlichkeit und ich muss den anderen Anwesenden später wieder unter die Augen treten können. Entschlossen zieht er mich wieder an sich und raunt ein: „Wo dann?" in mein Ohr.

„Komm mit", sage ich, ihn an der Hand hinter mir her aus dem Festzelt ziehend. Der einzige Ort, an dem wir ungestört sein können, ist mein zum Glück weit abseits geparktes Auto.

Wir klettern auf den Rücksitz, sind noch kaum eingestiegen, als wir schon wild übereinander herfallen. Junge, Junge, geht der zur Sache! Macht mich in kürzester Zeit fix und fertig. Beweist mir, dass jedes einzelne Gerücht, was ich je über ihn gehört habe, den Tatsachen entspricht. Schnell sind die Scheiben meines Autos von innen so beschlagen, dass uns niemand mehr beobachten könnte, sollte zufällig jemand vorbei kommen. Verschwitzt und schwer atmend liegen wir nebeneinander und – was für ein Klischee, das gibt's doch nicht – er zündet sich tatsächlich die Zigarette danach an. Ich bin zu fertig und ausgepumpt, um ihn darauf hinzuweisen, dass normal in meinem Auto nicht geraucht wird. Ich hab keine Lust, mich zu bewegen, irgendwas zu machen. Würde die Lage, so eng auf dem Rücksitzt, nicht langsam unbequem und würde mir nicht allmählich kalt, mein Leben bräuchte ab diesem Punkt nicht mehr weiter laufen. Nicht, weil Valentin so herausragend gut war. Natürlich war er das. In diesem Punkt hat er mich vollends befriedigt. Dumm nur, dass ich mich dennoch nicht zufrieden *fühle.* Zum ersten Mal im Leben hatte ich Trost- und Frustsex. Nur, um mich hinterher noch beschissener zu fühlen. Valentin merkt nichts davon und reden kann ich mit ihm darüber nicht. Er hat seine Zigarette aufgeraucht, beginnt, sich wieder anzuziehen.

„Evi, du bist ne Wucht! Warum haben wir das nicht früher schon gemacht? Bei dir würd ich glatt sagen: Jederzeit wieder. Kommst du wieder mit rein?"

„Geh du schon vor, ich brauch noch ne Weile", erwidere ich müde. Er verlässt mein Auto. Und ich? Anziehen muss ich mich wohl wieder. Aber zurück ins Festzelt? Jetzt Robert mit seiner Martina über den Weg laufen? Irgendwem über den Weg laufen, um mir womöglich Fragen und Anzüglichkeiten anhören zu müssen. Von Valentin erwartet niemand etwas anderes, ihn kennt man so, als den coolen Aufreißer. Keine Ahnung, was er jetzt drin erzählt, ob er was erzählt. Interessiert mich auch nicht! Ich wechsele vom Rücksitz auf den Fahrersitz, klaube den Zündschlüssel aus meiner Tasche, mache mich still und heimlich vom Acker. Nur noch nach Hause. Nicht mal Hein mag ich mit meiner augenblicklichen, konfusen Stimmung belästigen. Zum ersten Mal im Leben halte ich unterwegs an einer Tankstelle, kaufe mir zwei Dosen Jack-Daniel's-Cola, weil ich weiß, dass ich diesmal ohne Alkohol ganz sicher nicht schlafen werde. Was für ein komplett verquerer Abend! Ich muss was tun! So kann es nicht weiter gehen. Aber ... verschieben wir's auf morgen. Mit diesem Gedanken lasse ich mich ins Bett fallen, sinke in einen berauschten Schlaf.

ENDE UND ANFANG

Wer hätte gedacht, dass ausgerechnet Martina letztlich eine Entscheidung herbei führt? Wieder läuft mein Leben, meine Arbeit, weiter, als wäre nichts Ungewöhnliches passiert. Niemand spricht mich darauf an, dass ich was mit Valentin hatte. Wahrscheinlich, weil es tatsächlich niemand weiß. Nicht mal er selbst verliert ein Wort darüber, abgesehen davon, dass er mir jetzt immer zuzwinkert, wenn wir uns über den Weg laufen. Wobei das bei ihm nichts heißen will, das hat er davor auch schon getan. Die Zusammenarbeit mit Robert fürchte ich so sehr, wie ich sie herbei sehne. Die einzigen Stunden, in denen er mir gehört.

Doch dann ist eines Tages Martina bei ihm im Sprechzimmer. Sie hängt an seinem Hals, strahlt ihn an, sieht so glücklich und zufrieden aus, wie nur Sieger aussehen können. Diskret will ich mich zurück ziehen. Das mit anzusehen muss ich mir nicht geben. Aber Martina hat mich bemerkt.

„Evelyn!", ruft sie, „komm doch rein, es gibt was zu feiern. Ich bin so aufgeregt, ich kann es noch gar nicht glauben. Aber ich komme grad aus der Verwaltung und ich habe meinen Arbeitsvertrag unterschrieben. Ab dem 01.01. nächstes Jahr fange ich hier an, in der Kardiologie. Und das Allerbeste, ich kann tatsächlich in Teilzeit arbeiten. Ist das nicht großartig?"

„Ja, ganz toll, herzlichen Glückwunsch", ringe ich mir mühsam ab. So happy, wie Martina ist, bemerkt sie gar nicht, wie gekünstelt und unehrlich meine

Freude über ihre neue Berufschance ist. Nur Robert, der sieht mich so undefinierbar komisch an, weiß anscheinend nichts dazu zu sagen. Mit einem: „Ja, ehem, dann will ich nicht weiter stören", sehe ich zu, dass ich wegkomme.

Nein! Nein! Nein! Das darf doch alles nicht wahr sein! Ich *weiß*, dass Robert mir nicht gehört, dass er nie mein Mann sein wird. Und doch, während der Stunden unserer Zusammenarbeit, das war *unsere* Zeit. Selbst wenn ich ihn mit Patienten und Kollegen teilen musste, war er doch der Meine, in dieser Zeit. Was wird jetzt daraus? Wenn ich mir womöglich schon morgens vor der Arbeit ansehen muss, wie die beiden zusammen ankommen. Und wenn ich mir vorstelle, das er und Martina, wenn sie vielleicht grad Pause haben, auf der Behandlungsliege *das* tun könnten, was *ich* mir mit ihm ausgemalt habe…

Bei dieser Vorstellung wird mir schlecht, so schlecht, dass ich es kaum noch bis aufs Klo schaffe. Ich möchte mich einschließen, in der Klokabine, mit meinem Kummer und am liebsten nie mehr da raus kommen. Was natürlich nicht geht. Keine Ahnung, wie fürchterlich ich aussehe, als ich mich endlich wieder heraus wage. Kollegin Heidrun, die grad herein kommt, erschrickt bei meinem Anblick.

„Menschenskind, Evelyn, was ist denn mit dir los? Du bist ja weiß wie die Wand."

Bin ich das? Ich traue mich nicht, in den Spiegel zu sehen. Alle sind so rührend besorgt um mich. Auch Robert, den ich im Moment am allerwenigsten sehen will. Ich werde genötigt, mich hinzulegen, bekomme den Blutdruck gemessen und den Puls gefühlt. Jemand bringt mir Wasser. Mit einem „Es geht schon wieder", setze ich mich vorsichtig auf. Nur, damit mir gleich wieder schwummrig wird.

„Du arbeitest heute nicht mehr", ordnet Robert an. „Willst du nach Hause, oder dich vorsichtshalber gleich hier ins Bett legen?"

„Nach Hause", krächze ich schwach. Warum wundert es mich nicht, dass wenig später Hein auf der Matte steht und dass Robert ihn ganz offensichtlich angerufen hat? Hein fackelt nicht lange, nimmt mich hoch auf seine starken Arme, beginnt, mich Richtung Ausgang zu tragen.

„Hein, lass mich runter, das ist absolut peinlich. Wenn du mich festhältst, dann kann auch alleine laufen", protestiere ich schwach.

„Kannst du nicht, kommt gar nicht in Frage."

„Dann setzt mich wenigstens in einen Rollstuhl."

„Wozu? So schwer bist du auch wieder nicht und wir sind eh schon halb beim Auto."

Wann war ich je so richtig krank? Ich kann mich nicht erinnern. Kleine Zipperlein, so hier und da, dann und wann. Ich war doch immer die, die für die Kranken da war. Jetzt haut es mich um, aber so richtig mit voller Wucht. Organisch kann man nichts feststellen. Es ist meine Seele, die streikt. Und wem sollte ich das erklären, wer sollte es verstehen, wenn nicht Hein? Kläglich und verzweifelt frage ich: „Sag mal, dieser ehemalige Bundeswehrkamerad, den du da wiedergetroffen hast, der sich mit eigener Praxis selbständig machen will, meinst du, der hat noch Interesse an einer neuen Mitarbeiterin?"

„Nanu, kommt da etwa jemand zur Vernunft?", fragt Hein, offensichtlich hocherfreut. „Lass mich nur machen, dann hast du den Job sicher."

Wenige Tage später sitze ich Klaus Hildebrand gegenüber, an einem Zweiertisch in einer ruhigen Nische im Fischerstübchen. Ja, er ist alles: Sympathisch, nett, jung und gutaussehend und – wie sich im Gespräch schnell heraus stellt – ein kompetenter Arzt, dem das Wohl seiner Patienten am Herzen liegt. Aber, und darüber bin ich mehr als erleichtert, er ist kein zweiter Robert. Von ihm springt kein Funke zu mir über, der ein alles verzehrendes Feuer entfachen wird. Wenn ich bei ihm anfange, dann wird er tatsächlich nur mein Chef sein, nicht mehr und nicht weniger.

Wir sind inzwischen nicht nur beim Dessert sondern auch beim „Du" angelangt. Wir haben viel gelacht, vor allem, über alte Begebenheiten, von damals beim Bund, die er zum Besten gibt und die mir Erlebnisse mit Hein verraten, von denen er selbst nie erzählt hat. Aber wir haben uns auch ernsthaft unterhalten. Über seine Pläne mit der Praxis. Über meine Mitarbeit bei ihm. Ein herzlicher Händedruck zum Abschied. Ein Termin, an dem ich mir seine künftige Praxis ansehen werde. Und ein so gut wie unterschriebener Arbeitsvertrag, ab dem 01.01. des kommenden Jahres.

Kurz gehe ich noch zu Hein in die Küche. Zufrieden grinst er mich an, sagt nur: „Na, geht doch!"

Die Kündigung meinerseits ist geschrieben und eingereicht. Arbeitsfähig bin ich auch wieder. Fremd fühlt sich alles auf einmal an, als würde ich jetzt schon nicht mehr dazu gehören. Resturlaub und Überstunden hab ich noch genug, kann den Dezember komplett zu Hause bleiben. Meine Gefühle kriege ich kaum auf die Reihe. Bedauern, ja, weil ich hier seit Jahren quasi zum Inventar gehöre. Weil ich mich hier in all den Jahren wohl gefühlt habe, immer gern zur Arbeit gekommen bin. Und, das gestehe ich mir zumindest selbst ein, weil die Wahrscheinlichkeit, Robert *danach* nochmals zu sehen, so extrem gering ist. Erleichterung, weil ich einen Schritt in die richtige Richtung mache, endlich bereit bin, hinter mir zu lassen, was mir nicht gut tut. Auch eine aufgeregte Vorfreude ist mit dabei. Schließlich bin ich seit meiner Ausbildung in diesem Krankenhaus, habe noch nie woanders gearbeitet. Selbst, wenn es im Prinzip die gleichen Aufgaben sind, was wird da auf mich zukommen?

Eines muss ich noch erledigen, da führt kein Weg dran vorbei. Ich möchte Robert selbst sagen, dass ich gekündigt habe. Ich will nicht, dass es sich auf Umwegen zu ihm rumspricht, dass er es womöglich erst bemerkt, wenn ihm eines Tages meine Nachfolgerin anstatt mir assistiert. Also suche ich nach Ende der Sprechstunde das Gespräch mit ihm. Am Morgen dieses ersten Tages nach meiner Krankheit war er so liebevoll-besorgt, wie ich ihn seit eh und je kenne.

„Evelyn, schön, dass du wieder da bist. Geht es dir denn auch wirklich wieder gut? Ich hab mir Sorgen um dich gemacht."

„Doch, es geht mir gut, genau genommen, sogar sehr gut", entgegne ich und stelle überrascht fest, dass es stimmt. Ich fühle mich klasse in diesem Moment, obwohl ich weiter mit ihm zusammen arbeite, obwohl ich ihn demnächst verlassen werde. Der Arbeitstag nimmt seinen Lauf, eben bis zu jenem Moment, wo Ruhe einkehrt, die Arbeit getan ist und er entspannt an seinem Schreibtisch sitzt. Entschlossen betrete ich sein Büro, schließe die Tür hinter mir.

„Robert, ich muss mit dir reden."

Er wendet sich mir zu. „Was gibt es denn so wichtiges?"

„Ich ... ich habe gekündigt. Bis einschließlich November bin ich noch hier, dann habe ich den Rest des Jahres Urlaub und feiere Überstunden ab."

„Evelyn, ich weiß gar nicht, was ich dazu sagen soll. Warum? Doch nicht etwa meinetwegen?"

Vielleicht, weil er so ehrlich betroffen ist, überkommt mich das Bedürfnis, ihn zu verletzen und ich fauche ihn förmlich an: „Bilde dir bloß nicht zu viel auf dich ein!"

Nein, das fühlt sich falsch an, ganz falsch. So eine Zicke bin ich nicht. Und er kann schließlich nichts dafür, dass ich mich in ihn verliebt hab, mir Hoffnungen gemacht hab, obwohl er verheiratet ist und ich genau weiß, wie viel ihm seine Frau, seine Kinder, bedeuten. Was hätte er denn tun sollen? Ihr verbieten, bei uns im Krankenhaus anzufangen? Jetzt übermannt er mich, der Schmerz, und ich kann die Tränen nicht zurück halten, breche in haltloses Schluchzen aus. Er rollt mit seinem Bürostuhl zu mir heran, nimmt mich einfach in den Arm, hält mich ganz fest und lässt mich an seiner Schulter weinen, bis ich mich wieder halbwegs beruhigt hab.

„Sagst du mir *jetzt,* was wirklich los ist?"

„Kannst du dir das nicht denken?"

Fragend schaut er mich an. Himmel, ist dieser Mann so begriffsstutzig oder tut er nur so?

„Martina", presse ich heraus. „Wenn sie hier anfängt, ich euch dann ständig zusammen sehen muss, das kann ich nicht und das will ich nicht. Hier im Krankenhaus, da hast du zu mir gehört. Die Stunden unserer Zusammenarbeit habe ich immer genossen, auch wenn da nie *Mehr* sein konnte, das hier war unsere Zeit. Und wenn du ehrlich bist, dann wird dir auch klar, dass es besser für alle Beteiligen ist, wenn einer von uns das Feld räumt. Und nachdem sich mir eine andere Chance aufgetan hat, werde ich diejenige sein."

Er nickt verständnisvoll, sagt bedauernd: „Natürlich, du hast Recht. Ich hab nie darüber nachgedacht, wie es mit uns weiter läuft, wie du dich dabei fühlst, wenn Martina auch hier ist. Ich hab mich einfach nur für sie gefreut. Dann ist es wohl besser so, so leid wie es mir auch tut. Ich wünsche dir nur das Beste. Vor allem, dass auch du den einen, besonderen Mann findest, der genau für dich und nur für dich der Richtige ist. Darf ich fragen, was du jetzt stattdessen beruflich machen wirst?"

Jetzt bin ich ehrlich gerührt. Er ist und bleibt eben doch ein ganz Lieber. Doch halte ich es für besser, wenn er nicht weiß, wo ich danach anfange und sage ihm das auch. Wieder nickt er verständnisvoll.

„Dann lass uns aus deinen letzten Tagen hier das Beste machen. Vergessen werde ich dich nie. Nicht als die gute Mitarbeiterin, die du mir warst, und erst recht nicht unseren Wochenendausflug."

Nicht nur Robert reagiert mit Bedauern. Allen scheint es leid zu tun, dass ich gehe und so recht versteht es wohl keiner. Wie auch? Den wahren Grund kann ich ja nicht sagen. Dann muss ich eben Phrasen dreschen wie dass ich eine neue, berufliche Herausforderung suche, einfach mal was anderes, neues machen will. So in der Art.

Der unweigerlich letzte Tag mit üppigem Abschiedsfrühstück, vielen Umarmungen, Hände schütteln, zerdrückten Tränchen, viel zu vielen guten Wünschen und Versprechungen, unbedingt in Kontakt zu bleiben. Auch Robert umarmt mich, fest, ganz fest, sagt so leise, dass nur ich es hören kann: „Zweifle nie daran, dass du eine ganz wunderbare Frau bist, die nur das Beste verdient hat." Er drückt mir doch tatsächlich ein Küsschen auf die Wange und ist so schnell zur Tür hinaus, dass ich mir nicht sicher bin, ob ich es mir nur eingebildet hab, dass seine Augen verdächtig feucht schimmern.

DEZEMBER

Ein herrlich freier Monat liegt vor mir. Und den werde ich auch brauchen, mich zu sammeln, mich *wirklich* zu verabschieden und auf den Neubeginn einzustellen. Und wo könnte ich das besser, als bei Paula auf dem Hof? Diesmal fahre ich nicht mit dem Motorrad, denn dafür ist es inzwischen eindeutig zu kalt und im Bayrischen haben sie bereits Schnee. Das Auto ist rappelvoll geladen. Auch Carlo kommt diesmal mit, sorgsam im Transportkorb verstaut. Schließlich ist der Hof für ihn auch sowas wie Heimat, denn dort wurde er geboren. Ich hab mich im Urlaub in das kleine, tapsige Fellbündel verliebt und ihn gleich mit nach Hause genommen. Wieder bekomme ich die kleine Kammer unterm Dach, wo beim letzten Aufenthalt Robert mein Nachbar war. Und ich bekomme das, was ich am Dringendsten brauche; Zeit und Ruhe auf vielen einsamen Spaziergängen durch die verschneite Landschaft.

Bestimmt ist es kein Zufall, dass Paula den attraktiven Naturburschen, der kurz vor Weihnachten mit seinem Hund anreist und sich hier vor dem Weihnachtstrubel verstecken will, direkt neben mir einquartiert. Jetzt habe ich mitunter zwei Begleiter auf meinen Gängen, die in keiner Weise störend oder gar aufdringlich sind, sondern einfach nur eine angenehme Gesellschaft.

Eigentlich ist Weihnachten auch nicht so mein Ding. So richtig gläubig bin ich nie gewesen, wenn, dann eher so am Rande der Gedanke, dass ja vielleicht doch was dran sein könnte oder eben alles nur schöne Märchen. Viel zu sehr ist dieses Fest der Liebe und Familie zum reinen Kommerz verkommen. Trotzdem begleite ich Paula und Ernst zur Christmette und fühle dabei zu meiner eigenen Überraschung tatsächlich sowas wie Friede, Erhabenheit.

Doch neigt sich meine schöne Auszeit dem Ende zu. Nach den Feiertagen reise ich wieder ab. Silvester feiere ich bei Hein im Restaurant, wo es alle Jahre wieder eine Riesenparty gibt. Um Mitternacht stehen wir zusammen draußen, Hein, seine Margitta und ich, stoßen an, wünschen uns frohes neues Jahr. Morgen, am Neujahrstag, habe ich den letzten, freien Tag. Am 02.01. öffnet dann die Praxis Dr. Hildebrand ihre Pforten und ich werde alle Hände voll zu tun haben.

Habe ich schon erwähnt, dass der nette Naturbursche, den ich bei Paula auf dem Hof kennen gelernt habe, Simon heißt, Hundepsychologe ist, sein Hund auf den Namen Lucky hört und wir unsere Handynummern ausgetauscht haben? Ich habe das Gefühl, es wird ein gutes Jahr werden!

Inhaltsverzeichnis

Märchenhafte Geschichten

Mein Rapunzelturm   Seite 8

Im Garten der Sehnsucht   Seite 16

Der weiße Reiher   Seite 22

Am Ende der Phantasie   Seite 29

Bernsteintraum   Seite 39

Die Prinzessin und der Zeisig   Seite 43

Nereide   Seite 51

Der Seelenbrunnen   Seite 60

Eigentlich privat

Geburtstagsträume   Seite 66

Der wahrscheinlich beste Bruder der Welt S. 80

Wer ich bin und warum ich das hier schreibe
Seite 87

Der neue Arzt   Seite 89

Der Mann davor   Seite 96

Weiter wie gehabt   Seite 99

Ausflug mit Hercules   Seite 102

Schöner geht immer   Seite 108

Urlaub mit Robert   Seite 115

Das Haus am See   Seite 120

Und weiter?   Seite 130

Valentin   Seite 133

Ende und Anfang   Seite 137

Dezember   Seite 145

Weitere Bücher von Esther Wäcken

Wer die Liebe findet

Romantische Kurzgeschichten über die Liebe und
das Leben

Eine Indianerin verliert ihr Herz ausgerechnet an
einen feindlichen Yankee-Soldaten.

Elsa, die eine richtige Stadtpflanze ist, verliebt
sich ausgerechnet in den Naturburschen Jake und
folgt ihm in die Wildnis, mit dramatischen Folgen!

Die Gouvernante Dominique verliebt sich in einen
schneidigen Kavalleristen, nicht ahnend, welche Ge-
heimnisse er verbirgt.

Die junge Bikerbraut Suzuki lernt auf Motorradtour durch Süddeutschland einen Bikerkameraden
kennen, der nicht nur dem Namen nach gut zu ihr
passt...

...und weitere spannende und romantische Geschichten!

ISBN-10: 0615849458
ISBN-13: 978-0615849454

Märchenhafte Phantasien - Phantastische Märchen

Elfen, Hexen, Werwölfe, Vampire, verzauberte Prinzen, Götter, Dämonen und Schutzengel sind noch lange nicht alles. Viele Rätsel und Wunder erwarten einen in dieser fantastischen Welt. Einem Plastikpferdchen wohnen magische Kräfte inne. Träume, die unterm Kirschbaum geträumt werden, gehen in Erfüllung. Und Wölfe können auch liebevolle Beschützer anstatt gnadenlose Raubtiere sein. Lassen Sie sich in den Bann ziehen - von Geschichten, die zu unglaublich sind um wahr zu sein.

ISBN-10: 0615883583
ISBN-13: 978-0615883588

Aus meinem Herzen

Ermutigt durch die positive Resonanz meiner kleinen, aber feinen Lesergemeinde habe ich ein zweites Buch mit einer Auswahl meiner Geschichten und Gedichte heraus ge-bracht. Ich lade meine Leser-/innen zum Abschalten, Träumen und Nachdenken ein. Begleiten Sie eine alte Frau auf ihre letzte Wanderung in ihre geliebten Berge. Nehmen Sie zusammen mit Anne wehmütig Abschied von ihrer ersten, großen Liebe. Erleben Sie, wie sich ein vermeintlich nutzloses Geburtstagsgeschenk als echtes Drachenei ent-puppt und der schlüpfende Jungdrache das Leben seines Besitzers gehörig auf den Kopf stellt. Seien Sie dabei, wenn Britta ganz unerwartet doch noch das Glück mit ihrer Ju-gendliebe Andy findet. Fiebern Sie mit Silke mit, die end-lich den Mut findet, aus ihrem von frauenverachtender Gewalt geprägten Elternhaus auszubrechen, lernt, sich zu wehren und damit nicht nur ihr eigenes Leben von Grund auf verändert. Lassen Sie beim Blick von einer Brücke die Gedanken in Fernweh davon fliegen.

Wer bereits mein erstes Buch gelesen hat findet in „Love in the Army, Teil 2" die bereits vertrauten Protagonisten wieder und erfährt mehr über ihr Schicksal.

ISBN 978-3-8370-9781-8

Ein bisschen Mord darf's sein

Kindle Edition

Auch der friedfertigste Mensch kann mordsmäßig wütend werden, etwa wenn eine wichtige Einladung versäumt wird oder Mann sich als unverbesserlicher Macho erweist. Und eh man sich's versieht treibt ein Toter im Schlossteich, ein Kaninchen verschwindet spurlos und wer anderen fiese Fallen stellt hat am Ende selbst das Nachsehen.

Der Wert des Lebens

Leider ist das erste Buch der Autorin nach Insolvenz des Verlages wohl nur noch zufällig und gebraucht zu erwerben.

Autorenhomepage

www.eldakrieger.de

Umschlaggestaltung:
Annett Kathrin Lamprecht

Ein kleines Gedicht zum Schluss

Bücherwelten

Bücher habe ich nie nur einfach *gelesen*
Nein, ich tauchte ein in die geschriebene Welt
Viel schöner ist es dort gewesen,
als in der Realität, die mir oft nicht gefällt

Hab viel mehr Bücher gelesen,
als ich je aufzählen kann
Bin in so vielen Welten gewesen
Sie zogen mich in ihren Bann

Mit Heidi lebte ich auf der Alm
Mit dem Öhi, den Geißen und Peter
Vor Bergpanorama lag ich zwischen der Gräser
Halm
Erwachsen werden verschob ich auf später

Ins Abenteuer ritt ich mit Winnetou und
Old Shatterhand
Durch die Rockies, durch Wüsten, über die Prärie
Realität ist, was keiner braucht, keiner kennt
Zurück wollte ich dorthin nie

In so manchem Jungmädchenroman,
da zähmt ich die wildesten Pferde
Wie man sich fast schon denken kann,
tatsächlich blieb ich meist auf der Erde

Ich entdeckte Victoria Hold und Utta Danella
All ihre vielen, schönen Geschichten
Doch holt mich die Realität ein, immer schneller,
und ich soll mich nach ihr richten

„Vampire Diaries", „Twilight", „True Blood"
entführt mich zu den Vampiren,
Werwölfen und anderen mystischen Gestalten
Nach dem Blut der Phantasie tu ich so sehr gieren
Nur so kann ich mich entfalten

Mit Harry Potter flieh ich ins Reich der Zauberei
Mit Eragon flieg ich auf Drachen durch die Lüfte
Real ist der Zauber nur zu schnell vorbei,
verbannt in die dunkelsten Grüfte

Von machen, noch unbekannten, Autoren,
hab ich die Welten für mich entdeckt
Sie haben gute Ideen geboren
und Sehnsucht in mir geweckt

So tauch ich ein in der Bücher Welten,
mitten hinein ins Abenteuerland
Doch können am Ende für mich nur gelten
die Bücher, geschrieben von meiner Hand